Declive

Declive

ANTONIO GARCÍA ÁNGEL

LITERATURA RANDOM HOUSE

Título: *Declive*
Primera edición: agosto de 2016

© 2016, Antonio García Ángel
© 2016, de la presente edición en castellano para todo el mundo:
Penguin Random House Grupo Editorial, S. A. S.
Cra 5A No 34A – 09, Bogotá – Colombia
PBX: (57-1) 743-0700

Impreso en Colombia-*Printed in Colombia*

ISBN: 978-958-8979-11-3

Compuesto en caracteres Garamond
Impreso en Nomos Impresores, S. A.

Penguin
Random House
Grupo Editorial

Para

    Mariana

        Jaramillo,

            mi

              baisanas.

                 Y

                    para

                        Mauricio

                            Quintero,

                                ma

                                    broda.

Como sucede con los cuadros que cuelgan
en las paredes
cada mañana sorprendes
una leve inclinación de tu adentro
Cada mañana crees corregir este desnivel
Pero entre la primera posición y la segunda
queda siempre un residuo
una brizna de polvo que se acumula

Sobre esta oscura aritmética se edifica tu
alma

Rómulo Bustos, *Cotidiano.*

1

Jorge tuvo que luchar para sacudirse un sueño reticente al despertador. Eran las cinco de la tarde y había dormido desde el almuerzo. Miró por la ventana y lo invadió una falsa sensación de mañana causada por la luz del atardecer. Tenía una hora para llegar a su turno en un call center donde trabajaba de seis a seis. Su trabajo consistía en autorizar ambulancias y procedimientos médicos para MediSanar, una empresa que prestaba servicios de salud.

Se bañó con agua muy caliente. Cuando salió de la ducha se sentía blando, como si lo pudieran apuñalar con una cuchara. Restregó su cuerpo con una toalla limpia. Fue al clóset, sacó ropa interior, escogió un bluyín y una camisa mal planchada, se sentó en la cama deshecha. Se secó un pie para echarle talco, miró por la ventana hacia el cielo sin pájaros, el brillo metálico del cemento, el reguero de casas y edificios, los buses, los carros. Mientras se ocupaba del otro pie: la carrera trece, el caño, los mechones verdes más allá de la avenida Caracas, las calles que se iban afilando hasta perderse en la lejanía, el cielo azul casi verdoso en el horizonte, con un telón de nubes que avanzaba desde el norte, muy lento. Se puso las medias y procuró sin éxito calzarse un zapato. No le entraba el talón, sus dedos se apretaban en la punta. Se lo quitó, introdujo la mano para ver si tenía algo dentro. Tomó el otro e intentó calzárselo. Tampoco le cupo el pie. Miró sus zapatos con extrañeza, sosteniéndolos apenas a un palmo. Tenían el mismo desgaste, las mismas deformaciones: eran los mismos que tenía puestos antes de la siesta. Se quitó las medias y examinó sus pies con detenimiento, se los tocó a ver si le dolían o los sentía abultados, pero no parecía ser el caso. Fue al baño, los levantó con dificultad —no era muy flexible— y se los miró en el espejo. Se veían iguales que siempre. Quizá sí estaban más grandes. La verdad, no solía reparar en sus pies muy a menudo. Lo importante, pero también lo más extraño, era que no lucían hinchados ni amoratados. Reconoció sus dedos, los gordos un poco más largos que los demás, con uñas desviadas hacia dentro, los meñiques puntudos. Recorrió con la mano las venas brotadas sobre el empeine. Caminó, se empinó, dobló y separó los dedos, arqueó el puente, trató de percibir alguna novedad, un dolor, una molestia. Regresó a su clóset y sacó otro par de zapatos. Tampoco le sirvieron. Aunque no lo parecía, la única explicación posible era que estaba reteniendo líquidos. Debía hacerse un examen de creatinina.

La marejada de preocupaciones que le subió desde las extremidades inferiores y empezaba a sacudir su cabeza se topó con un dique: eran las cinco y veintisiete minutos. Tenía el tiempo justo para llegar a su trabajo. Intentó calzarse los zapatos por última vez. Ante la evidencia de que seguían quedándole pequeños se resignó, dobló hacia dentro la parte trasera de cada uno y se los puso como si fueran zuecos. Tensó los cordones y los amarró con doble nudo. Luego se enfundó la chaqueta de siempre, se pasó un peine por los pelos que sobrevivían sobre sus orejas y la base del cráneo, se comió a la carrera un plato de cereal con leche, hizo un buche de agua con crema dental, tomó una manzana de la nevera, la metió en el bolsillo de su chaqueta y salió al pasillo de su edificio. El ascensor, un vetusto Otis con capacidad para seis personas, trepaba con parsimonia. Jorge quiso apurarlo con el típico e inútil gesto de hundir el botón de llamado una y otra vez, hasta que por fin se abrieron las puertas. Entró. El ascensor traqueaba y daba siempre alguna sacudida, como si el ducto no fuera completamente recto. Se detuvo en el quinto piso. Ahí se subió una señora madura, muy maquillada, fofa, que vestía un abrigo muy grande para su talla. Lo saludó con un «Buenas tardes» y se quedó inmóvil, con cara de preocupación. A Jorge se le ocurrió que a lo mejor el abrigo de esa señora era tan grande porque ella súbitamente había empequeñecido. El ascensor bajó con lentitud asfixiante. Jorge salió en el primer piso; la señora del abrigo siguió hacia los parqueaderos. Wilson, el portero chaparro, bigotudo y risueño, lo saludó y le entregó un par de recibos que habían llegado a su nombre. Jorge salió al ruido de la carrera trece llena de carros, el olor a gasolina, los árboles tiznados de smog, el comercio y los peatones. Esperó a que cambiara el semáforo y cruzó. Le compró unas mentas al vendedor de dulces en la esquina del Banco BBVA, esquivó a la mendiga flaca y medio loca que estaba frente al restaurante Il Pimentón; continuó hasta la avenida Caracas, incómodo con sus zapatos mal calzados. La estación de Transmilenio bullía de gente, las dos filas para comprar pasajes se prolongaban hasta el borde del separador. Jorge rebuscó en su billetera, sacó su tarjeta y se sumó a la muchedumbre que ingresaba. Llegó al torniquete, puso su tarjeta en el lector, atravesó las aspas metálicas y transitó por entre el gentío que avanzaba presuroso e impaciente. Llegó al tramo donde se detenía el bus J24. La masa humana se apiñaba en cada una de las tres puertas. Como era usual, la única oportunidad de entrar en el próximo bus era abriéndose paso a la fuerza, de manera que Jorge escogió la puerta que parecía tener menos personas, guardó su billetera en el bolsillo interior del saco, se aseguró de que su celular estuviera en el fondo del bolsillo delantero de su pantalón y, a golpes de hombro y codos, fue penetrando en el compacto corrillo de pasajeros. Cuando llegó el J24, ya Jorge había avanzado desde la periferia y se encontraba en el centro del tumulto. Los pasajeros que bajaron del bus abrieron un boquete entre los que pretendían subir. Entre empellones y pisotones, Jorge sintió que uno de sus zapatos comenzaba a zafársele. Quiso engancharlo con el pie, pero quienes venían detrás lo embutieron dentro del bus. Se cerraron las puertas y Jorge se sintió indefenso, con el pie derecho apenas cubierto por un calcetín azul. Mientras el J24 se alejaba de la estación Jorge sintió que, si todo eso era un mal sueño, estaba tardando demasiado en despertar. No supo si vio o imaginó una mancha azul, un pedacito de su tenis solitario en la estación, entre la maraña indiferente de pies.

* * *

El recorrido hasta la estación de la avenida Jiménez, unos ocho minutos, le pareció una eternidad. Jorge cuidaba su pie de un pisotón, lo apoyaba con miedo en el piso frío. Normalmente se habría bajado en el Museo del Oro, pero lo hizo enfrente de San Victorino. Le parecía que algunas personas reparaban en su pie descalzo y lo miraban con curiosidad, que disimulaban como quien teme despertar la ira de un loco. Lo más probable era que en medio de la multitud y la luz exigua de las seis nadie lo notara, pero Jorge se sentía avergonzado, bajaba la cabeza, trataba de caminar como si tuviera ambos zapatos. Su pie palpaba con asco puchos, bolitas de chicle, papeles y mugre. Bajó las escaleras y caminó hasta los cajeros, uno de Bancolombia y otro del BBVA, metió su tarjeta débito y sacó dinero. Se le acercó un vendedor que llevaba unas bolas traslúcidas de colores y le canturreó «Son ambientadores, son fragancias, para el baño, sólo mil pesos» y se quedó mirando hacia el piso. Fue el primero en manifestar verdadera sorpresa. Jorge echó a andar. Atravesó los torniquetes y subió hasta la barahúnda de transeúntes y vendedores que abarrotaba las aceras de San Victorino. Los pregones de uno y otro comerciante, repetidos al infinito, se trenzaban como letanías. Controles para todo tipo de televisor se lo encontramos lleve los cargadores los manos libres vea lleve el perro a diez a diez cinco pares por siete mil le tengo la última innovación para los hongos y los sabañones leo la fortuna y hago rezos… En el piso había plásticos extendidos en los que ofrecían zapatos, Jorge se acuclilló frente a uno de ellos. El vendedor, un moreno de cara tosca y manos quizá demasiado pequeñas, se quedó mirando su pie descalzo y le dijo «A la orden, patroncito». Jorge preguntó cuánto costaban. «A treinta el que le guste, patrón, pero aquí hay posibilidad de negociar. ¿Cuál se va a probar? Le tenemos nai, puma, adidas, ribú…». Todos eran imitaciones ramplonas de marcas conocidas, por lo visto sin la menor pretensión de verosimilitud. «¿Por qué anda sin un zapato, patrón?», le preguntó el vendedor. Jorge sintió cierto alivio de poder explicar que lo había perdido en el Transmilenio, en medio de la pelotera de gente que pugnaba por entrar al bus. El tipo sonrió y le preguntó una vez más cuál le había gustado. Se sacó el zapato que le quedaba, se midió un Adidas talla 40 y no le entró, un Nike 41 que le quedó muy apretado y finalmente un Reebok gris número 42, de lona y puntera de gamuza, feo pero más o menos cómodo. El vendedor le dijo «¿Sabe qué, patroncito?, cómprese unas medias de una vez», y le silbó a un vendedor que llevaba un carrito de supermercado lleno de camisetas, calzoncillos y medias, y gritaba «Un par por cinco mil, tres por diez mil». El tipo esquivó unos perritos de pilas que una señora ponía a caminar en el piso y apartó a otra vendedora de ambientadores. Jorge le compró un par de medias cafés, se calzó ambos zapatos mientras el vendedor le decía «Siéntalos, son suavecitos. ¿Le doy una bolsa para que se lleve el zapato?». Jorge lo meditó mientras el tipo de las medias se alejaba y dijo que sí: era una prueba de que originalmente calzaba 38 y ahora sus pies habían aumentado cuatro tallas. Sacó la billetera, le pagó al vendedor, tiró la media sucia y su compañera en un tarro de basura metálico que estaba a unos cuatro pasos, miró la hora en su celular: seis en punto. Se despidió del vendedor y regresó a la estación de Transmilenio, la bolsa verde de rayas blancas en la mano, mirándose los zapatos calzados en esos pies que sentía ajenos.

* * *

Después de un viaje intranquilo, se bajó en la estación Museo del Oro. Salió por la puerta occidental, cruzó la calle y llegó a la esquina. Atravesó la séptima hasta el McDonald's y tropezó con el borde del andén. No había medido el tamaño de sus zapatos. Después de trastabillar y luego recuperar el equilibrio, pensó con cierta amargura que su tránsito de la talla 38 a la 42 empezaba a tener consecuencias concretas. El cielo había tomado ese color cemento que tienen los días lluviosos. Caminó hasta la esquina de la papelería Panamericana y bajó entre los vendedores de fruta, mapas, cables, controles, esferos y organizadores alfabéticos de papeles en forma de acordeón, dobló por la droguería y atravesó la calle en diagonal, esquivando carros, hasta el otro lado, frente a un restaurante que aunque se llamaba El Medio Oriente tenía un menú siempre colombiano.

InfoPlus funcionaba en el noveno piso de la Torre América, una mole color óxido que se levantaba entre un parqueadero de siete niveles y un lóbrego edificio de oficinas. Atravesó el detector de metales, saludó al guardia y a la señorita de la recepción, deslizó su carnet por una banda magnética y el dedo índice en un escáner, dio vuelta al torniquete y tras unos pasos inseguros se detuvo en medio de los cuatro ascensores. Aguardó mientras se miraba los Reebok chiviados y movía los dedos dentro de ellos. Se abrieron las puertas, salieron más personas de las que a simple vista podrían caber, muchos de InfoPlus que Jorge reconocía; alguno lo saludó al pasar. Entró al ascensor junto con un mensajero que llevaba casco y chaleco de motociclista, dos tipos de corbata, una muchacha muy fea enfundada en un sastre color curuba, otra muy bonita vestida de negro y una anciana diminuta, aristocrática, con el pelo muy blanco. Todos fueron bajándose antes. Jorge se quedó solo y tuvo la impresión de que el ascensor había subido muchos pisos más antes de detenerse en el noveno, donde, tras la turbamulta de gente que ya se iba a casa en el éxodo de las seis, se veía un letrero rojo que decía InfoPlus y había un sofacito aún más rojo frente a un mostrador donde se turnaban dos secretarias. A esa hora no estaba Mónica, fue Adriana quien lo recibió con el mismo «buenas tardes» maquinal que ambas usaban para clientes y trabajadores. Jorge deslizó la banda magnética de su carnet frente a la puerta de vidrio que había a un costado e ingresó en un vestíbulo con dos puertas. Una conducía a la sala donde estaban los casilleros, unos sofás idénticos al de la recepción pero de color negro, cuatro televisores, una mesa de ping-pong, dispensadores de café, bebidas y pasabocas, dos máquinas para trotar como las que tienen los gimnasios y una cocineta. Un puñado de personas del 113 estaba en los sofás, nadie jugaba ping-pong; Wilson Baena, de Colchones Rachman, lo saludó con un gesto desde la trotadora. En el televisor más cercano corría una tanda de comerciales. Jorge forcejeó hasta abrir su casillero, sacó su almohadilla para la oreja y el micrófono, conocido oficialmente como *tubo acústico* e informalmente como *pitillo*. Dejó allí la manzana y la bolsa con su único zapato. La puerta estaba torcida y había que ajustarla a los golpes. Con la mano adolorida ajustó el candado, salió de nuevo al vestíbulo esquivando a quienes terminaban su turno y abrió la otra puerta.

Allí quedaba la zona de trabajo, que tenía cuarenta filas de treinta y dos escritorios, para una capacidad de mil doscientos ochenta operarios. Empezaban a despejarse algunos puestos, pero InfoPlus todavía funcionaba a toda máquina. Las terminales encendidas, el aire estancado y la cantidad de gente convertían el call center en un galpón de gallinas. Jorge, acalorado, vadeó las filas de escritorios, pasó junto a los de Hoteles Mercurio, siguió de largo por los puestos ya vacíos de AgroMax, hasta llegar a Romero, su coordinador de área, que lo venía mirando desde lejos, señalándose la muñeca sin reloj para indicarle que estaba retrasado. El gesto de Romero estaba a medio camino entre la amenaza y la preocupación, pero sus rasgos acentuaban lo segundo. Tenía un rostro amarillento, bilioso, con unos ojos alargados cuya disposición sobre la cara otorgaba cierta severidad.

—¿Qué pasó, hermanito? Ocho minutos tarde: eso ya es un error crítico.

En condiciones normales a Jorge le habría preocupado mucho esta llamada de atención, pero estaba embebido en la extrañeza del episodio que acababa de sucederle, preocupado por su salud, barajando hipótesis que sus conocimientos de enfermero poco podían dilucidar. En tres frases, mientras se señalaba los zapatos nuevos y ofrecía traer como prueba el que había guardado en el casillero, Jorge le explicó la situación.

—¿Pero se siente mal?, ¿mareado?, ¿descompensado? —preguntó Romero acentuando la gravedad de su rostro.

Jorge lo negó. Romero, sin saber qué más decir, le ordenó que ocupara su puesto en el extremo de una de las filas, donde estaban los dos escritorios en los que funcionaban los teléfonos de MediSanar.

—Estás pálido, Jorgito —le dijo Marta mientras le entregaba el puesto sin hacer reclamos. Era muy blanca y sus venas se transparentaban sobre los brazos. Tenía una perpetua cara de agripada y su pelo era de color tabaco, largo y muy liso. Era bonita según el ángulo desde donde se viera, o quizás era fea con sus momentos de belleza; tenía un marido y un hijo de quienes hablaba poco y de forma muy general, tomaba medicamentos para la presión sanguínea y se mordía las uñas—. ¿Estás enfermo o qué?

—Espero que no.

Marta se deslogueó, retiró la almohadilla y el pitillo, se terció la cartera y, luego de despedirse de otros operarios vecinos, le entregó el puesto a Jorge: un escritorio demasiado bajo para él, donde no le cabían las piernas y quedaba encorvado. Su compañero de la izquierda, Ribera, le dijo «Quihubo, viejo Yorch», mientras levantaba la quijada, y le hizo una broma sobre el retraso. Jorge no le dijo nada de sus pies. Abrió el programa con su nombre y contraseña de usuario, revisó la bitácora con lo que había sucedido en el turno anterior, los asuntos pendientes para el auditor médico, cambios en cláusulas y mails. Hundió el botón de *agent* en el teléfono Meridian, introdujo su número de identificación y la tecla numeral, se puso el audífono, ajustó el pitillo y esperó la primera llamada. Pasaron dos minutos antes del primer caso, «Gracias por llamar a seguros médicos de MediSanar, le habla Jorge, ¿en qué puedo servirle?». Lo llamaban de la Palermo para autorizar una fibrobroncoscopia para un niño que al parecer tenía dentro un elemento extraño. Jorge hizo un par de preguntas, miró el manual y, luego de reseñar el caso y llenar todas las casillas del formato que aparecía en su computador, autorizó el procedimiento. Luego llamaron de Marly para que aprobara una tomografía de abdomen para un paciente con posible apendicitis. Más tarde lo llamaron para el retiro de unas prótesis de glúteos que se habían infectado; esa petición fue denegada, pues MediSanar no autorizaba procedimientos relacionados con implantes o cirugías estéticas. A su lado, esa noche Ribera se encargaba de los médicos generales a domicilio en carros con los logos de la empresa. Mientras Martica y Feliciano, los del turno de día, permanecían en sus respectivas labores —ella en procedimientos y él en atención domiciliaria—, Ribera y Jorge alternaban, de manera que al día siguiente Jorge manejaría el servicio domiciliario y Ribera los procedimientos, para cambiar una vez más al día siguiente; así había sido en los cuatro años que llevaban trabajando en el turno vampiro. A partir de las diez ya quedaban apenas tres coordinadores para todo el piso, se apagaban casi todas las luces y se dejaba una zona en la que trabajaban los pocos operarios de la noche: unas veinte personas del 113, los que manejaban la cuenta de Seguros Ameris, las chicas de Pharma-Ya, con excepción de Hoteles Mercurio, cuyos teléfonos estaban al otro lado de la sala. A esa hora empezaban los tiempos muertos y un frío glacial se apoderaba de Infoplus. Jorge se quitó los zapatos, se apretó los pies, los apoyó sobre el piso y rastreó algún dolor, un síntoma, un hormigueo. Estiró hacia atrás la espalda adolorida. Luego volvió a calzarse, se puso la diadema y se quedó mirando hacia el techo hasta que lo despertó una llamada del Country por una tomografía cerebral simple.

* * *

En la pantalla de su computador, el reloj marcaba las 2:43 de la mañana. Jorge decidió hacer su receso. Los descansos de Ribera y Jorge nunca coincidían, pues uno de ellos debía quedarse contestando las llamadas de ambas líneas mientras tanto. Cada cual tenía derecho a una hora. Ribera había descansado veinticinco minutos a las 10:30 p.m., quince minutos a las 12:45 a.m. y acababa de gastar sus veinte minutos restantes. Estaba acomodándose la diadema. Jorge no había querido pararse de su puesto porque temía que el tiempo libre lo hiciera pensar en sus pies y cayera en una paranoia hipocondríaca, pero después de casi nueve horas el cansancio le había pasado factura. Desvió las llamadas de su teléfono al de Ribera, se deslogueó, se quitó la diadema y le dijo a Ribera que iba a tomarse la hora completa.

Ribera, que estaba chateando en su celular, le respondió «Dale». Jorge se levantó, se cerró el cuello de la chaqueta, no pudo evitar tocarse las puntas de los zapatos para ver adónde llegaban los dedos de sus pies. Ribera, a quien ya le había contado la historia antes de medianoche, le dijo «Ponte contento, viejo Yorch: dicen que hay relación entre el tamaño de los pies y el de la verga». Jorge sonrió, le dijo «Dios lo oiga» y se alejó hacia la zona de descanso.

En los sofás y pufs había unas ocho personas; sólo dos charlaban, las demás procuraban unos minutos de sueño. Las máquinas trotadoras estaban inmóviles, nadie rondaba la mesa de ping-pong. Jorge fue a los casilleros y sacó su manzana. Caminó hasta uno de los televisores. Aunque el aparato no tenía control remoto, podían cambiarse los canales oprimiendo los botones en él. Jorge se empinó y, cuando descubrió que los botones quedaban un poco menos altos, se abismó una vez más ante esa medida tangible del crecimiento de sus pies. Pasó los canales de variedades y deportes, siguió de largo por los noticieros y llegó al Fear Channel, donde estaba empezando una película. Los créditos salían sobre imágenes de una fábrica de comestibles, tomas de comidas refrigeradas, camiones rojos con el logo de Fljar, amarillo con verde. Los nombres de los actores y técnicos que aparecían superpuestos en la imagen eran impronunciables y las palabras estaban llenas de consonantes y acentos dêscŏnõ¢idös. Luego tomas de una fábrica, líneas inmensas de producción, calderos humeantes, bandas transportadoras, dispensadores robóticos de salsa, operarios. Después de diversas tomas de las instalaciones, se veía una puerta en cuyo dintel había un letrero que Jorge no supo leer, mientras una voz traducía «Control de calidá, diseño de produptos».

Parecía una película de los ochenta, quizá de la primera mitad, hecha en un país tras la Cortina de Hierro. Jorge se fue a sentar frente a la pantalla, mientras la cámara trasponía la puerta y mostraba probetas, bandejas, cucharillas, agujas, computadores, una licuadora casera, una balanza, lentes de aumento y microscopios. Dos personas trabajaban en ese laboratorio, un hombre muy rubio y una mujer de ojos muy grandes, vestidos con delantales blancos inmaculados, frente a un mesón con muestras de comida perfectamente ordenadas y un computador que registraba datos. Ambos tenían expresiones de desagrado, la mujer —de forma muy sobreactuada— hacía un gesto que indicaba malos olores. En el laboratorio contiguo había un equipo similar pero todo estaba sucio y manchado de sangre. Ahí trabajaba un tipo ojeroso, en medio de filetes, costillas, huesos. Había media docena de cuchillos, entre ellos uno eléctrico, una sierra de disco y una hachuela. El tipo vestía un delantal sangriento. Tras él, un gran trozo de carne, media res que colgaba de un gancho. En una pecera había ratas. Algunas tenían deformidades: tres patas, dos cabezas. Sobre el mesón había montones de carne molida y algunas carnes de hamburguesa, una parrilla en llamas y una plancha caliente. Sobre ella, el ingeniero de alimentos echaba carnes de hamburguesa que empezaban a achicharrarse, a soltar una especie de espuma efervescente, y ardían en llamas. Un perro, en un guacal, ladraba. El tipo le decía «Tranquilo, Igor».

De repente se abría la puerta y entraba el tipo muy rubio que estaba junto a la mujer en la primera toma, miraba alrededor, estaba enojado. En un idioma imposible

de sincronizar con el doblaje en español —quizá centroamericano o hasta cubano—, el recién llegado le decía al
ingeniero ojeroso «Arno, eres un carnicero barato. ¡Limpia
tu maldita zona de trabajo! ¡Esto apesta! ¿No te das cuenta
que al otro lao estamos trabajando con helao de vainilla?»,
preguntaba con rabia y un movimiento de mano. Arno,
retador, señalaba las hamburguesas achicharradas y ver-
dosas, le decía que estaba trabajando en algo que lo iba a
hacer rico, muy rico, mientras él seguiría ahí mismo por
veinte años, pero que estuviera tranquilo porque cuando
fuera dueño de la compañía mandaría que le tuvieran ese
sitio bien limpio. El rubio le decía, condescendiente, «Estás delirando, Arno, eres un lunático y un perdedor», y se
iba. Jorge notó que alguien se sentaba a su lado. Era una
muchacha que debía de estar entre los veinticinco y los
treinta años, pálida, de pelo negro y muy liso, piercing en
la ceja, vestida de negro. No lo saludó ni le preguntó nada.
Ambos, en silencio, siguieron viendo la película.

Arno pasaba noches en vela, trabajando en el laboratorio. En algunas ocasiones sacaba un par de ratas sanas,
alguna que otra rata mutante, y procuraba que se comie-
ran la carne cruda. Ellas la rechazaban; el perro, paticor-
to y blanco, con el ojo manchado, también la rechazaba.
Él seguía cocinando hamburguesas en la parrilla, hablando
con las ratas y el perro como si fueran sus amigos. Luego
trataba de nuevo. Quería imponer el ejemplo masticando
un pedazo de una de las hamburguesas asadas, pronto es-
cupía la carne, corría a lavarse la boca en un chorro de agua
y hacía exagerados buches de crema dental. Jorge sonrió,
la chica a su lado estaba seria. Luego había una junta con
unos ejecutivos. Le anunciaban que algunos compañeros
de control de calidad y otros equipos que trabajaban cerca

se habían quejado de los malos olores. El jefe estaba en la cabecera de la mesa, permanecía inmutable como un tótem, una señora de pelo platinado y mirada muy severa le reprochaba que no hubiera obtenido resultado alguno con su idea de la carne fresca que duraba hasta seis semanas sin refrigeración, que ellos habían sido muy ingenuos creyéndole. Lo amenazaban con quitarle apoyo a su proyecto e integrarlo a otro equipo de diseño: ya no podía ser el lobo solitario. Él les sacaba en cara que había diseñado para Fljar algunos productos muy exitosos, como la tocineta de pulpo y calamar. Un jovenzuelo de corbata lo interrumpía: «¡Han pasado seis años!». Luego hablaba el gran jefe, de cejas muy pobladas: «Tú sabes cuán pacientes hemos sido, Arno, a fin de mes vamos a cerrar tu proyecto». Todo esto dicho con aún menor sincronización labial, pues era un primer plano de su boca y las palabras originales eran más largas o más cortas que el doblaje.

Jorge miró a la muchacha y al cabo de un momento ella se volvió hacia él; tenía una mirada triste, como apagada. «Está buena», dijo ella; Jorge asintió. Ambos se concentraron de nuevo en el televisor, Jorge la miró una segunda vez y después volvió a la película.

Arno trabajaba días y noches en su carne. Cortaba trozos completos de res, los molía, hacía hamburguesas, les aplicaba químicos de colores extraños (azul, verde limón), las cocinaba al carbón y a la plancha. Les daba pedazos a las ratas. Luego probaba las carnes, hacía diversas muecas, todas desagradables. Las últimas ratas se veían sanas, las examinaba y sonreía. Un día terminó unas carnes que se veían de color saludable. Se llevó unas para su casa. Se emborrachó en el jardín oyendo música estridente y asando hamburguesas mientras Igor se acercaba, lamía una carne cruda que había caído al piso. Se la comía mientras John, complacido, lo miraba.

Al día siguiente llegaba una señora madura, gorda, de cara cobriza, que podía ser del Medio Oriente. Abría la puerta con sus llaves, se quitaba la chaqueta y se ponía un delantal. Jorge mordió su manzana. Arno despertaba, escuchaba a la señora en la cocina. Gritaba desde el cuarto «Señora Rasmuj». «Buenos días», decía ella, mientras lavaba platos sucios. El perro estaba inmóvil sobre la cama, encima del edredón, Arno lo tocaba y lo sentía frío, decía «Igor» con tristeza muy falsa y luego, actuando una más convincente preocupación, decía «Me voy a morir yo también». Le anunciaba a la señora Rasmuj que se quedaría en la cama, que estaba indispuesto. Se acostaba, todo hipocondríaco, con el cadáver del perro aún sobre la cama. Lloraba la muerte de su perro, lloraba porque también iba a morir. «Yo me iría al médico de una, no me tiro ahí a morirme», le comentó Jorge a la muchacha. Ella no le respondió. Afuera del cuarto de Arno, la señora Rasmuj arreglaba, sacudía, aspiraba, se iba. A las dos de la tarde Arno descubría que estaba perfecto, no había muerto como su perro. Llegaba a su laboratorio mal afeitado, trasnochado. Estaban recogiendo todo y él no podía impedirlo. Le anunciaban que estaba despedido. Jorge mordió su manzana. Alguien salía con las ratas muertas en la pecera plástica. Arno veía la parrilla y la plancha, recordaba las ratas a las que les había dado un pedacito de carne cruda con el dedo, y a Igor comiéndose la hamburguesa cruda, decía «Estoy vivo porque las cociné». En este punto a Jorge la película le pareció mala y obvia, la conclusión en voz alta de Arno lo hizo recostarse indignado en el espaldar, mientras mordía una vez más su manzana.

Arno cavaba un hoyo en el jardín trasero de su casa. A su lado había una bolsa plástica blanca. Se detenía, examinaba la profundidad, se recostaba en la pala y le hablaba a la bolsa: «Adiós, Igor, amigo mío, lo siento mucho. Te voy a extrañar». Dejaba caer la bolsa blanca dentro del hoyo. Se disponía a taparlo, pero luego de que caía la primera palada de tierra había una especie de espasmo dentro de la bolsa. Arno observaba con mayor detenimiento, la bolsa se movía. Jorge mordió su manzana. Arno gritaba «¡Igor!», botaba la pala, se arrodillaba en el suelo y sacaba a su perro. Tenía la misma cara arrugada, el mismo cuerpito gordo de bulldog francés, la misma mancha café en el ojo izquierdo, pero en ese ojo brillaba una mirada siniestra. Jorge se quedó pensando cómo convencieron al perro de que mirara así, qué clase de efecto especial estaban utilizando. Arno lo abrazaba, se sorprendía de que estuviera tan frío. «Debes tener hipotermia», le decía. La cara del perro se tensaba, como si tratara de dominarse. Dejaba escapar un gruñido. «Hueles horrible, Igor, tienes que tomar un baño», decía Arno. Lo dejaba en el piso de la cocina, se miraba las manos: estaban llenas de pelo que se le había caído a Igor. El perro estaba como en carne viva y la mancha ahora era una superficie rugosa y encarnada. Arno, horrorizado, le decía «¿Qué tienes?». El perro se quedaba mirándolo fijamente. Abría unas fauces sobrenaturales, más grandes que su cabeza, y corría a atacarlo. Arno, de un brinco, se subía en el mesón de la cocina. El perro merodeaba por el piso, brincaba y daba dentelladas en el aire, pero no alcanzaba el mesón, seguía teniendo las patas muy cortas. Parecía muy real para una época en la que no había tan buenos efectos especiales. Jorge se quedó durante un rato con un último bocado de manzana en la boca, sin masticar, mientras Arno, aterrado, trataba de razonar con Igor. El perro, incansable, desesperado, iba y volvía, destrozaba cosas. Seguía sin poder alcanzar a Arno. La pantalla se ennegrecía y luego era la misma toma, pero de otro día. Arno seguía encima del mesón, con la misma ropa y barbado, los pies encogidos. El perro abajo, en el piso, quieto, aguardando a su presa. Los estantes estaban todos abiertos, vacíos de comida, había bolsas tiradas en el piso, basura, cuchillos y lo que parecía ser excremento en los bordes del mesón. Jorge tragó el bocado de manzana, se quedó con el corazón en la mano. En la casa de Arno sonaba la cerradura de la puerta. Era la señora Rasmuj. El perro corría hacia la puerta. Arno gritaba «¡Señora Rasmuj, cuidao!», con una fuerte gesticulación, mientras el doblaje centroamericano subía apenas medio decibel. Sonaba un grito, ladridos, gruñidos, alaridos. Arno bajaba del mesón, caminaba temeroso hasta el umbral de su puerta, donde se encontraba a la señora en el piso, mirando aterrada el muñón de uno de sus pies. Un rastro de sangre salía de la casa y Jorge pudo ver a Igor cruzando la calle, alejándose sin mirar atrás, con el pie en sus fauces. La señora pateaba de dolor con el pie y el tobillo. Arno iba por una bata de toalla y le envolvía el muñón, del que brotaba sangre como si fuera una manguera, se levantaba, miraba hacia afuera, ya no se veía a Igor, cerraba la puerta y corría hacia un teléfono de disco. En la siguiente escena había una ambulancia, un carro de policía, un reguero inmenso de sangre, curiosos. Unos paramédicos metían a la señora Rasmuj, inconsciente, en una ambulancia. La policía se llevaba a Arno y lo metía en una patrulla mientras él protestaba a voz en cuello, en la traducción que decía «¡Suéltenme, malditos, no tuve na' que ver, fue mi perro, lo juro!». Jorge preguntó qué hora era, la muchacha miró su celular y le respondió que las tres y treinta y ocho. Jorge se puso de pie y, antes de irse, le dijo «Otro día me la cuentas»; ella, los ojos fijos en la pantalla, le hizo una seña que pudo significar «Sí» pero también «No me interrumpas».

* * *

Las dos horas y cuarto que faltaban para terminar su turno fueron angustiosas. Estaba convencido de que tenía una enfermedad mortal, algún tumor linfático o una deficiencia renal que lo conduciría a la tumba en poco tiempo. Autorizó una tomografía cerebral simple y una resonancia cervical, cambió una tomografía de abdomen por radiografías y negó un medicamento que no cubría la afiliación. Entretanto se preguntaba si cuando él fuera al médico iban a mandarle exámenes o procedimientos que no estaban autorizados y Marta tendría que rechazarlos. Como si la hubiera invocado, llegó, toda llena de estornudos y sonadas. Aún no llegaba Feliciano para recibir el turno de Ribera, y por eso éste había empezado a quejarse de ese man que siempre se atrasa nojoda, manda güevo, etcétera. Jorge se deslogueó, se puso su chaqueta, guardó el pitillo y la almohadilla, se despidió de Marta y Ribera, fue a su casillero por el celular y el zapato e hizo una parada en el baño. Por suerte no había coloraciones raras en su orina. Salió a los ascensores, allí se encontró a Fernán Vélez, más conocido en InfoPlus como Feliciano, que lo saludó con un «Ole, viejito», y forzó una sonrisa. Feliciano tenía unos treinta años, parecía una persona de estatura promedio que alguien hubiera estirado de mala manera: sus facciones eran largas y un poco equinas; sus brazos eran regordetes para una caja torácica que parecía de niño. Jorge se preguntó si él se veía igual de triste que Feliciano, luego se unió al cansino grupo de quienes salían.

Afuera, los edificios parecían haberse inclinado un poco sobre la carrera octava, la franja de cielo entre azuloso y grisáceo sobre ellos se veía más estrecha. Todo, salvo el Restaurant El Gran Caruso, estaba cerrado. Fabio, uno de Ameris S. A., le preguntó si se unía al desayuno con tres personas más. Jorge se excusó y atravesó hasta el andén opuesto, dio vuelta por la droguería y enfiló hacia la carrera séptima. Ni rastro del comercio informal que solía instalarse en la calle de la Armería; el negro de los jugos apenas desempacaba sus trastos. En la séptima, un muchacho con botas de caña alta y jean escurrido, con camiseta negra y chaqueta de cuero, hablaba con las plantas que delimitaban la ciclovía. Se veía aún limpio, quizá recién llegado a la indigencia. A esa hora se permitían los carros. Taxis, busetas, colectivos y motos utilizaban los dos carriles que fluían hacia el norte. Todas las persianas metálicas estaban cerradas y dejaban ver sus grafitis de «Camilo vive», «No al TLC» y «Libertad para el pueblo». En la esquina de la Jiménez con séptima, sobre la acera de Citytv, había un reguero de papelillos y confeti. Jorge cambiaba el apoyo de sus pies, doblaba el empeine, movía los dedos, paraba de repente a pisotear el suelo hasta que, incapaz de algún diagnóstico, detuvo un taxi en la diecinueve y le dijo al conductor que lo llevara a la Clínica de Marly.

En la sala de espera de Urgencias casi todas las sillas estaban ocupadas. El televisor pasaba un noticiero: dos ambulancias y en una franja azul el titular «Aparatoso accidente en la avenida Ciudad de Cali». Jorge avanzó hasta la ventanilla y entregó su carnet de salud. La enfermera le tomó los datos y le indicó que esperara. Jorge se dejó caer en uno de los asientos marrones, de cara al televisor. Por fin el cansancio empezó a aflojarle los músculos, los párpados se le cerraban. Algunas imágenes de un sueño que no lograba afincarse en su duermevela se fueron formando y deformando como volutas de humo, hasta que escuchó su nombre y caminó hasta un guardia con uniforme negro que le abrió las puertas batientes y le indicó un consultorio mínimo, que tenía dos asientos, un escritorio y una camilla. Allí lo atendió una enfermera feliz que tenía facciones tristes. Jorge le contó de sus pies, y como quien esgrime una prueba irrefutable puso la bolsa con su único zapato sobre la mesa, mientras contaba vagamente que el otro se le había perdido y le mostraba sus zapatos nuevos, se tocaba el dedo gordo por encima de la tela, daba sus preocupantes hipótesis de problemas renales, cardíacos y vasculares. La enfermera le tomó temperatura y presión, lo hizo inhalar y exhalar, lo subió en una báscula, preguntó sus antecedentes médicos mientras iba llenando un formato: edad, enfermedades congénitas, si tenía diabetes o hipertensión, cuáles eran sus alergias, operaciones, traumas y medicamentos que tomaba actualmente. Le indicó que volviera a la sala de espera, que ya lo llamarían.

Mientras aguardaba, empezó a sentir hambre. Contó monedas y billetes, fue a la máquina dispensadora de pasabocas: había papas naturales y saborizadas, platanitos, yucas, chocorramos, achiras, uvitas achocolatadas, nueces y diferentes paquetes de galletas. El vidrio reflejaba su rostro superpuesto a los paquetes, envoltorios y cajas que estaban en segundo plano. Jorge se miró con algo de compasión, luego miró al interior de la máquina y tuvo la impresión de que donde había papas había ahora chocorramos y donde estaban las yucas había achiras, luego se dijo que llevaba mucho tiempo sin dormir, tenía hambre y estaba nervioso. Puso el dinero y compró unos platanitos verdes, se sentó a masticarlos lentamente, pensando en diálisis y cirugías de corazón abierto, hasta que el guardia de corbata vinotinto lo llamó y le dijo que avanzara por un pasillo hasta un consultorio donde lo esperaba un médico joven, imberbe y gordo, con el pelo engominado hacia atrás. Jorge puso la bolsa con el zapato en el asiento de al lado, como si fuera su acompañante. El médico miraba el informe.

—Tiene los pies hinchados...

—Eso parece, doctor. Mire, este zapato es la talla que yo normalmente uso. ¿Sí ve? Ayer por la tarde tuve que comprarme éstos —dijo, alzando un pie.

El médico le preguntó desde cuándo sentía los pies así, Jorge dijo que nunca los sintió, explicó su despertar y su asombro al no lograr calzarse. El médico le pidió que se sentara en la camilla y se quitara zapatos y medias. Le puso el estetoscopio frío bajo la tela de la camisa, en diferentes partes del pecho y la espalda, le pidió que respirara y que tosiera. Le preguntó si había sufrido algún golpe, si fumaba, si tenía problemas de presión o vasculares. Luego le tocó los pies, los apretó, le preguntó si le dolía cada vez que hacía presión sobre ellos, los miró por todos lados, le hizo mover los dedos y arquear el puente. Le tomó el pulso en el brazo y después en ambos pies, le dijo que hasta el momento se veía todo normal. Jorge le dio la razón y añadió que sabía algo del tema porque era enfermero de profesión, pero trabajaba en un call center.

—Ya puede calzarse. Voy a mandarle una radiografía, un hemograma, un examen de creatinina y un parcial de orina, a ver qué nos sale —dijo el médico.

* * *

Cuando le entregaron los resultados eran casi las diez de la mañana. Jorge se quedaba dormido a ratos, mientras en la televisión un presentador calvo y gafufo tonteaba con dos chicas bonitas en un set con dos sofás y una mesita de centro. El médico que lo había atendido ya no estaba. En su lugar había un señor de unos sesenta años, de apellido Andrade, que revisó las radiografías, los exámenes, y sin mirarlo a los ojos ni a los pies dijo que todo se veía bien. Jorge le contó su caso, pero el doctor Andrade no parecía sorprendido ni interesado. Al final, le preguntó si tenía dolores o molestias; ante la negativa de Jorge, lamentó no poderle dar una incapacidad. Jorge replicó que no estaba buscando faltar a su trabajo, sólo quería saber qué le estaba pasando. Andrade se encogió de hombros y le dijo que pidiera cita con un internista. Le recomendó, sin mucha convicción, reposo. Antes de firmarle la orden de salida le dijo que regresara si sentía algo anormal.

Jorge salió a la carrera trece y tiró el zapato en una caneca de basura. Se detuvo en una tienda y compró huevos, leche y pan, siguió caminando muy atento a dolores y molestias hasta su edificio. En la portería estaba Rafael, el otro portero, un señor maduro, de bigotito como un gusano encima del labio, ademanes campesinos y voz irregular, de tonos bajos y altos entre una y otra sílaba. Jorge, que a veces se detenía a charlar algo con él, apenas lo saludó. El ascensor tenía un aire tibio y muchas veces respirado. Cuando entró en su casa tuvo por primera vez en muchas horas una sensación de seguridad. Dejó el sobre con los exámenes y las radiografías sobre el mesón. Calentó leche en el microondas y le echó Nescafé, se preparó dos huevos fritos, rasgó un pedazo de pan y desayunó en el mesón, con la mente en blanco. Luego se descalzó, se miró de nuevo los pies, trató de ponerse un zapato de los que estaban en su clóset.

Vencido ante la realidad, consultó «Medicina Interna» en la *Guía de Especialistas MediSanar* y después de algunas llamadas consiguió una cita con un internista para el día siguiente, que era jueves. Se quitó la ropa, se acostó en la cama destendida y se quedó dormido.

* * *

A las dos de la tarde lo despertó el teléfono. Era su padre, que llamaba a darle un rosario de quejas sobre el asilo: problemas con el agua caliente, la comida, la dueña, etcétera. Jorge lo escuchó con paciencia y prometió ver qué podía hacer el domingo, cuando fuera a visitarlo. Su papá le preguntó por qué no venía el sábado, Jorge quiso decirle que tenía turno pero respondió que iría. Luego de colgar recolectó la basura del baño y la del cuarto, les puso bolsas del supermercado a las canecas. Sacó la basura de la cocina y lo llevó todo al shut. Lavó la caneca de la basura, que ya tenía un poco de mal olor. Le puso una bolsa nueva, de las negras. Lavó los platos del desayuno. Sintió que sus tripas se movían, entró al baño. Reemplazó el rollo de papel higiénico, que apenas tenía una última capa de papel pegada al cilindro de cartón, por un rollo nuevo que debió abrir para terminar de limpiarse. Sopesó la lámina blanca en que se había convertido su jabón de baño y decidió que le quedaban un par de días. El rollo de papel para la cocina aún iba por la mitad. Sacó la aspiradora y la pasó por la alfombra, no tardó más de diez minutos. Luego cambió las sábanas y conectó el celular, regresó a la cocina, abrió la nevera, sacó la olla del arroz y un recipiente donde tenía media pechuga de pollo en salsa soya. La puso en una sartén con un chorro de aceite. Sacó una porción de arroz y la puso en el plato, la calentó en el microondas. Le dio vuelta a la pechuga. Se sirvió el cuncho de Coca-Cola sin gas que quedaba en una botella de litro. Sacó la pechuga y la puso en el plato. Comió en la cama viendo videos de MTV Clásico. Después trató de conciliar el sueño durante cuarenta minutos. Se duchó, se vistió, se preparó el café, sacó el sobre con los exámenes y lo guardó en el bolsillo interior de su chaqueta, tomó una manzana de la nevera y salió a su trabajo.

Llegó quince minutos antes de su turno. Fue a su casillero, luchó con la puerta, sacó unas cosas y guardó otras, cerró la puerta y le dio golpes hasta que consiguió ajustarla. Entró a la calidez malsana de los escritorios. Se presentó directamente adonde Romero. Quiso mostrarle los exámenes, comprobarle las razones por las que había llegado tarde. Romero le dijo que no hacía falta, que le creía. Mirando hacia sus pies preguntó cómo estaba. Con cierto dramatismo, Jorge le respondió que no sentía dolores y que al día siguiente tendría otra cita médica. Romero se encogió de hombros y le dijo «Bueno, viejo, espero que le vaya bien con eso». En los cubículos de MediSanar, Marta y Feliciano le preguntaron por su salud. En sus miradas, sobre todo en la de Marta, había algo de misericordia. Jorge dijo que ya estaba bien. Jorge le recibió el turno a Feliciano para que no siguiera mirándole los pies. Incómodo, inclinado sobre la pantalla, revisó su correo y la bitácora, contestó una pregunta del auditor, luego le puso el pitillo y la almohadilla al auricular, se logueó en el teléfono.

Ubicó en el mapa del GPS dónde estaban los dos Chevrolet Spark y la ambulancia. Cada automóvil tenía un médico y un auxiliar; en la ambulancia iban tres porque además tenía conductor. A todos les envió su saludo de buenas noches. No pasaron diez minutos antes de que recibiera una llamada de Cedro Golf, donde una señora estaba teniendo fuertes dolores de cabeza. Allá mandó a uno de los carros. Casi inmediatamente llamaron de El Batán por un posible infarto. Les mandó la ambulancia.

Llegó Ribera y recibió el puesto de Marta. «¡Viejo Yorch!, ajá, ¿al fin te vas a morir o cómo es la vaina?», preguntó, mientras se sentaba y tecleaba sus contraseñas. «No sé… Los exámenes por ahora dicen que estoy bien», respondió Jorge, pero Ribera no pudo escucharlo porque ya se había puesto la diadema. Marta había dejado una revista de sudokus encima del escritorio. Quedaban tres por resolver. Jorge se ocupó de ellos en los tiempos muertos. A las diez y media ya los había resuelto. Esa noche Ribera tomó dos descansos de media hora, uno antes y otro después de medianoche. Jorge tomó uno de veinticinco, otro de quince —en el que se comió su manzana— y otro de veinte. Durante sus tres descansos dio vueltas por ahí, aterido, en busca de la chica con la que había visto la película del perro zombi. Realmente quería saber el final, pero a él mismo le sonaba como excusa para verla. No la encontró. La noche terminó con un balance de once llamadas: dolores, malestares, una complicación cardíaca para donde mandó la ambulancia, el anciano de Quinta Paredes que tenía una dolencia distinta casi todos los días y un bebé en Nicolás de Federmán con problemas respiratorios. Cuando Jorge le entregó el turno a Feliciano, le dolía mucho la espalda y estaba fulminado por el sueño.

El Transmilenio B1 en el que regresó tenía puestos desocupados. Se sentó, se quedó dormido y despertó en la calle 53. Tomó un F1 de regreso, se bajó en la 39 y caminó de muy mal genio hasta su casa, saludó con un gruñido a Rafael, subió al apartamento, puso el despertador a las doce y media. Se tiró en la cama completamente vestido.

* * *

Su cita médica era en el cuarto piso de la Clínica del Country. Jorge presentó su tarjeta de MediSanar a una secretaria y aguardó en la sala de espera. Había un televisor que pasaba un programa de panelistas y público. Todas las otras sillas estaban ocupadas. Algunas personas aguardaban de pie. Tomó una revista de farándula que había en una mesita. Entre las páginas llenas de rostros y nombres apenas reconoció a dos personas: una actriz de *Tu voz estéreo* y un presentador. Empezó a leer una de esas notas sobre gente desconocida: «Carlos Torrila y Sasha López se separan». Ella estaba muy ocupada con las grabaciones y pasaban poco tiempo juntos. Sasha estuvo por largas temporadas fuera de casa. Cuando Jorge iba en que al parecer Torrila aún no había podido olvidar a Katerina Fernández, lo llamaron al consultorio.

El doctor Cristian Bonilla tenía unos cuarenta y cinco años. Se veía más circunspecto que en la foto familiar colgada en la pared al lado del diploma. En ella estaba con su mujer, una señora guapa, y dos hijos pequeños. El mayor apenas le llegaba a la cintura. Jorge quiso ser lo más técnico en su relato, lo más claro posible. No caer en contradicciones, no balbucir; señalar él mismo las incongruencias entre lo que sucedía y las radiografías, los exámenes.

Al final estaba realmente angustiado, sudaba, las manos le temblaban, tartamudeaba. El doctor Bonilla había revisado los exámenes y las radiografías mientras Jorge hablaba, cuando volvió a mirarlo le dijo que se calmara. Se puso de pie y fue hasta el baño. Volvió con un vaso de agua. Aguardó en silencio a que Jorge se repusiera, después le dijo «Venga. Quítese los zapatos y las medias. Súbase aquí en la camilla». Le palpó los pies, hundiéndolos con los pulgares en diferentes partes, buscando edemas y tumefacciones. Luego le tomó el pulso en el brazo y los pies, como ya lo había hecho el primer médico. Se los midió con un metro. Le pidió que se calzara, se sentaron a ambos lados del escritorio. El doctor Bonilla carraspeó, se ajustó las gafas, le dijo «Pues yo no veo nada extraño. Vamos a hacerle otros exámenes a ver qué». Sacó una fórmula médica y, mientras la llenaba, le fue explicando con voz paternal: «Vamos a medirle la glicemia, a hacerle un examen de la tiroides y otro para la hormona del crecimiento». Luego se quedó unos segundos meditando y añadió, mientras escribía: «Y una ecografía Doppler para verle bien los vasos y los tejidos blandos… Pida una cita cuando tenga los resultados». Jorge recibió la fórmula, preguntó cuánto se demoraban. El médico calculó: «La ecografía es cortica, el de glicemia se lo toma mañana, digamos. Tiene que hacer autorizar el te ese hache y el ge hache, que son los de las hormonas. Déjeme ver: eso es uno o dos días. Luego, los resultados salen en unos cuatro días. Uhmm, yo diría que para final de la próxima semana. Jueves o viernes».

La autorización para el TSH y el GH no era complicada. Jorge sabía que su afiliación cubría esos exámenes. Había una oficina de MediSanar dentro de la misma clínica. El trámite lo resolvió Marta en InfoPlus, previa llamada de Jorge. En veinte minutos ya tenía la autorización. Faltaban diez minutos para las cuatro, ya era tarde para empezar. Al día siguiente, en ayunas, vendría a hacerse el examen de glicemia, inmediatamente se haría los endocrinos y después la ecografía. Atravesó los dos carriles de la calle 85, se metió en un restaurante Cali Mío y se comió un arroz con pollo y una Pepsi dulzona, pues no había Coca-Cola. De postre, maduro con queso y bocadillo. Luego sacó su manzana y fue comiéndosela en el trayecto hacia la estación de Transmilenio.

* * *

En el espeso, tórrido ambiente de InfoPlus lo esperaba un arrume de mails con actualizaciones del auditor médico, cambios en cláusulas de algunas pólizas y reporte de casos que estaban pendientes. Ribera tenía pegado el estribillo de una canción: «Tengo para ti, mami, este colibrí / Beibi, lo que necesitas es ají / ¡Yo!, nena, flow, cosita rica», y como no se sabía o no había inventado más, volvía a empezar hasta el cansancio. Jorge, torcido sobre el asiento, lo soportó de la mejor manera posible, mientras se ocupaba de ecografías, hospitalizaciones y urgencias. Más tarde vio pasar por el corredor que dividía las filas de cubículos a la chica pálida con la que había visto la película. Iba sola, mirando hacia adelante como si frente a ella hubiera un desierto. A las doce y media, cuando ya InfoPlus estaba en temperaturas bajo cero, se tomó un descanso de cuarenta minutos y lamentó que ella estuviera trabajando en ese momento. En la sala de descanso, un televisor estaba en un documental con asesinatos pasionales y truculentos.

Amanda Lamm tenía nueve años cuando la raptó su vecino, un señor de sesenta años que vivía con su madre de ochenta y dos. La madre, que estaba en una silla de ruedas, presenció la violación mientras se masturbaba. Al lado de Jorge estaban dos muchachos dueños de la programación porque habían llegado antes que él. Bromeaban sobre el docudrama. Jorge soportó unos minutos más las puestas en escena y cuando mostraron fotos reales se fue a dar una vuelta. Tenía hambre, pero no podía comer por los exámenes del día siguiente. Caminó mirándose los pies. A ratos sentía que eran muy grandes. Luego se decía que estaba obsesionado. Cuando decidió pasar por la cocina, ahí conversaban Mery Fernández, que trabaja en la cuenta de Pharma-Ya, y una amiga de ella, una flaca sin gracia que podía llamarse Sofía o Sara. Lo saludaron con desinterés y siguieron hablando.

Jorge y Mery habían salido hacía unos tres meses, una noche de sábado. Se tomaron unas cervezas, hablaron, rieron, fueron a la casa de ella. Desnuda era tímida, como incómoda de no ser tan bonita. Él fue torpe. Se apoyó en la cama y terminó jalándole el pelo, casi no logra ponerse el condón, además se vino rápido y solo. Trataron de arruncharse pero no se acomodaron. Prendieron el televisor. Ella, en un corte de comerciales, le preguntó por qué trataba de cubrirse la calvicie. Jorge tuvo una dolorosa medida de su propio ridículo. Por la mañana se despidieron con un beso desganado. Jorge no tardó en angustiarse por la posibilidad de otro encuentro fallido, se encerró en sí mismo, se enrolló en la espiral de sus rutinas. Mery y él se decían quihubo y chao, acaso, pero nada más. Ambos volvieron al estado primigenio, cuando apenas se conocían de vista.

Jorge, incómodo, aguardó a que se alejaran, luego se aproximó a un televisor mediano que estaba sobre un mesón, lo encendió y cambió canales con los botones bajo la pantalla. Apareció un programa de cocina. Continuó por videos musicales, fútbol y comedias, hasta caer en un documental sobre Peter Scott, James Fischer y Finnur Gudmundsson, exploradores que en 1951 viajaron por el interior de Islandia y encontraron más de dos mil nidos de ánsar piquicorto en una altiplanicie. Jorge se quedó de pie, viendo que mediante redes, los tres ornitólogos atraparon a más de la mitad y los marcaron para poder averiguar dónde pasaban el invierno. Gracias a ello descubrieron que en esa estación los ánsares no podían moverse. También hallaron los restos de unas paredes de piedra en forma de U, que tenían doce metros de largo por dos de ancho en la entrada. Eran ruinas de corrales que habían servido a los pobladores, hacía siglos, para guardar a los ánsares cuando no podían volar y alimentarse con ellos.

Cerca de las dos de la mañana, cuando ya había regresado a su puesto de trabajo, a la rutina de llamadas y consultas de manual, todo se complicó: llamaron desde Sahagún, Córdoba. La señora Arminta Baute Chicoyo estaba internada en el hospital, la había visto el urólogo que atendía en la zona, familiar en segundo grado de ella. La señora tenía el seguro de Atención Global MediSanar. Toda la familia Baute Chicoyo, un clan político que dominaba buena parte del departamento, con sus hijos, nietos, nueras y yernos, tenía ese seguro, el más completo y prioritario de todos. El urólogo, con voz amenazante, como peleando de antemano, dijo que la señora había ingresado al hospital hacía media hora, que tenía una sepsis avanzada y necesitaba sala de cuidados intensivos y un láser *holmium* para operarla. Jorge verificó algunos datos del carnet, pidió al doctor que esperara en la línea mientras hacía la remisión a Bogotá o Medellín, donde podrían atenderla. El doctor dijo, de mala gana, que estaba usando *su* celular, gastando *sus* minutos, y que si la señora moría era culpa de MediSanar. Jorge le dijo entonces que cuanto antes le devolvería la llamada. Hacer una remisión de estas características era complicado. Lo bueno era que si la póliza estaba activa, no había que verificar si algún procedimiento estaba cubierto o no: todos lo estaban, sin importar el costo o la dificultad. Jorge encontró una ambulancia en Montería para que fuera por la señora a Sahagún y regresara a llevarla al aeropuerto Los Garzones. Consiguió un avión medicalizado en Medellín y lo mandó a Montería para luego llevarla a Bogotá. Coordinó otra ambulancia para el traslado desde el aeropuerto El Dorado hasta la Clínica Santa Fe, donde apartó una UCI. Hizo más de treinta llamadas, aparte de muchas anotaciones en la bitácora. Además, separó una habitación de hotel para los dos acompañantes con los que se trasladó la señora Baute Chicoyo a Bogotá, pues eso también estaba dentro de la póliza. Terminó su turno ocupado casi exclusivamente en eso, mientras Ribera le echaba una mano desde su teléfono. La señora aún estaba viva cuando llegó a la Clínica Santa Fe.

La remisión lo había dejado exangüe. Cuando salió le traqueaba la espalda y le pesaban los pies, como si estuvieran hechos de un material más denso que la carne y los huesos. Caminó hasta la estación del Museo del Oro y esperó mirando el banner de bombillos rojos que anunciaba las rutas de buses: J23, 6min; F23, 8min; J73, 9min; J70, 7min… A través de los vidrios, Jorge veía los colectivos, las bicicletas, los transeúntes y los vendedores. Daba la impresión de que tras el vidrio todo sucediera más rápido. Luego volvió a la gente que estaba en la estación: la señora que jugueteaba con un rizo de pelo, el señor de bigote canoso y pelo negro que leía en la pantalla de su celular, la niña que se soltaba de su madre para sacudirse de la falda unas migas de pan, el adolescente que trataba de armar un cubo Rubik. Concluyó que afuera todo sucedía a velocidad normal, era dentro de la estación donde parecía haberse espesado el aire. Estaba impaciente y cansado, quería tomarse los exámenes cuanto antes y volver a su casa para dormir un poco. Los banners cambiaban de rutas pero faltaban los mismos seis, ocho, nueve y siete minutos. Jorge se quedó allí, mirándose los zapatos que en apenas tres días habían perdido la horma e iban llenándose de turupes. Cuando revisó los banners, al J23 le faltaban cuatro minutos. Pensó en salir al exterior y tomar un taxi, pero le faltaba voluntad. Se quedó ahí, con la misma impresión de lentitud, hasta que pasó el J23 de ida hacia la estación de Las Aguas. Todos se fueron apretujando en las puertas, a sabiendas de que el bus no tardaría en dar vuelta y regresar. Jorge no quitaba los ojos del banner. Finalmente volvió el bus. Aunque había un puesto libre a su lado, Jorge no se sentó, pues se bajaría en la siguiente estación. Se quedó ahí colgado, con las piernas flácidas, durante el recorrido que le pareció muy largo aunque era de tres cuadras. La estación Avenida Jiménez estaba llena. Jorge se abrió paso en la multitud, atravesó el túnel y llegó a la plataforma de la avenida Caracas. Allí se momificó durante nueve extensos minutos hasta que llegó un D20. Entró con una veintena de personas. Tuvo la fortuna de encontrar un puesto junto al fuelle por donde se contorsionan los transmilenios.

No bien iban en la siguiente estación cuando Jorge había empezado a cabecear. En la calle veintiséis se subió una señora con abdomen amplio y gelatinoso que asomaba bajo una camiseta deformada en unas tetas como piedras de río marcadas bajo la tela, y con voz inesperadamente hermosa empezó a decir de memoria, sin pasión, como quien ha repetido miles de veces ese discurso, «Mire, debemos arriendito, debemos servicios, nos da miedo que nos saquen nuestras cositas a la calle, estoy ofreciendo estos pañitos de agujas, traen agujas pequeñas y grandes y trae para enhebrar las agujas más pequeñas, que no se dejan enhebrar», y la voz de la señora se volvió cada vez más ondulante, como víctima de un oleaje o un remezón que marcó el cambio de escenario a un camino, de un verde aterciopelado brillante, producto de un musgo que gritaba al ser pisado, que decía portaminas y esferos cuando uno lo pisaba, cada paso izquierdo hacía que el musgo, como un coro, gritara «portaminas», y el derecho hacía que el musgo gritara «esferos». De ahí en adelante vino un sueño muy pesado, de sombras chinas y fotogramas velados. Cuando abrió los ojos iba por la calle sesenta, más allá de donde debía bajarse. Primero le dio mucha rabia consigo mismo, tenía ganas de darse cachetadas o echarse hijueputazos en voz alta. Le preguntó al señor que estaba al lado dónde se detenía el bus y supo alarmado que la siguiente estación era mucho más allá, por el desvío de la calle ochenta, en El Polo. Buscó su celular en el bolsillo derecho y no lo encontró, se palpó los demás: nada. Miró suspicaz a su compañero de puesto, que permaneció rígido e indiferente. Jorge se quedó ahí, ya sin rabia, mirando hacia los lados como un niño perdido.

* * *

En la estación del Polo, las puertas del bus que regresaba al sur estaban llenas; decidió montarse en un B5 que volvía a la autopista pero continuaba hacia el norte, para tomarse los exámenes en la Clínica del Country, la misma donde atendía el doctor Bonilla, el internista que lo había auscultado la tarde anterior. Viajó de pie, en la parte delantera del bus, frente a la claraboya cuadrada del techo, que estaba abierta y permitía ver ráfagas verdes y azules. Se bajó en la estación de la ochenta y cinco. El cielo estaba completamente encapotado hacia el norte y despejado hacia el sur, y el puente peatonal parecía trazar la frontera de esa bóveda bicolor. En el andén, una patinadora de minifalda le entregó un volante que decía, en letras rojas y negras, «Este puede ser el último día que usted se suba a un bus» y debajo tenía la foto de un automóvil para el que había créditos y buenos precios. Caminó hacia la clínica por la acera derecha, tentado por todos los carteles que ofrecían desayuno frente a los restaurantes, los puestos callejeros de fruta y los vendedores de vasos plásticos llenos de yogur y cereal. Se sentía mareado y débil, como si llevara dos días sin comer. Miró el volante una vez más e interpretó el mensaje como una premonición. Tal vez sí era la última vez que montaría en bus, pues lo suyo era una enfermedad mortal. Esa idea lo llenó de miedo. Tiró el volante al piso, atravesó con dificultad la explanada frente a un edificio de ladrillo y ventanas negras. Tuvo que sentarse en una de las bancas frente al Carulla. Sintió un reflujo que le quemaba la garganta, escupió una babaza pútrida y amarillenta. Miró hacia el cielo y descubrió que la capa de nubes se extendía como un techo corredizo, oscureciéndolo todo. Estaba tiritando. Tardó mucho tiempo en reponerse. Se puso en pie y cruzó el paso peatonal que conducía a la clínica. Atravesó un largo vestíbulo de piso reluciente con grandes sillones de cuero. Llegó a una amplia sala donde había una gran pared con murales de plantas, un sauco, un yarumo, una sábila. Subió las escaleras hasta un entrepiso. Fue al mostrador del laboratorio clínico y entregó la orden del doctor Bonilla. Le dieron un turno y le indicaron que esperara en los sillones que estaban frente al ascensor. Jorge se dejó caer en uno de ellos. En otro había una señora que tenía cara de tortuga y en otro un señor magro, de unos cincuenta años, acompañado por una muchacha más ancha que parecía ser su hija. El señor rumiaba algún alimento muy pegajoso. Ella leía un libro. Al rato llegó una anciana en una silla de ruedas, su cabeza sin pelo cubierta por un gorro de lana, la cara hinchada, con la piel de ese color cetrino que tienen los enfermos de cáncer. Quien empujaba la silla de ruedas era un adolescente de manos grandes y mirada perdida, que la llevó junto a uno de los sillones libres y se sentó. Jorge descubrió que en realidad la señora tendría unos treinta y cinco años. Ella lo sorprendió mirándola y le sonrió. Era un gesto dulce que Jorge no pudo corresponder, pues le pareció que la mujer estaba a pocos días de morir y que lo mismo le pasaría a él. Se levantó del sillón y esperó de pie en el corredor hasta que fue su turno.

Una enfermera que no miraba a los ojos le sacó tres muestras de sangre y le dijo que los resultados estarían el lunes. Luego un tipo de tez verdosa y dientes muy grandes, que pronunciaba las eses como zetas, le tomó la ecografía. Aunque debía esperar unos minutos, Jorge decidió reclamarla con los demás exámenes. Salió de la clínica prometiéndose que no sacaría conclusiones hasta entonces. Cruzó la calle ochenta y cinco, se metió en un restaurante donde una pizarra ofrecía desayunos por cuatro mil. Luego fue hasta el Transmilenio y tomó un F1 hasta su casa.

* * *

Se levantó a las tres de la tarde y ya no pudo dormir más. Se preparó una pasta con atún, comió mientras miraba un talk show chicano en el que dos madres no sabían qué hacer con sus hijos adictos a los videojuegos. Una adolescente gorda con piercings le gritaba a su madre «¡Tokyo Jungle me da todo lo que tú no me puedes dar!», y otra señora que parecía llevar una década sin reír le reprochaba a su hijo que su novia lo hubiera abandonado «por culpa de ese aparato del infierno». Cuando la novia era llamada a comparecer y caminaba hacia un asiento vacío en medio de la habitual salva de aplausos, sonó el teléfono: telemercadeo de Citibank para ofrecer una tarjeta de crédito. Jorge, solidario con el gremio de los operarios de call center, escuchó las tasas de interés y las ofertas, luego rechazó con suavidad. La novia del videogamer se sentó y lo miró con desprecio mientras él se alzaba de hombros. Sonó de nuevo el teléfono, era su padre.

—¿Por qué no contesta el celular, ah?

—Lizeth, ¿cuánto llevabas tú saliendo con Edwin?

—Me lo robaron, papá.

—Siete meses, y cuatro más después que él compró el Play. Ahí todo se dañó.

—Mejor dígame que no quiere hablar conmigo, que me va a dejar pudriéndome en este cuchitril... Cuando me muera se va a arrepentir de haberme venido a tirar acá.

—Yo le dije a Edwin, si tanto quieres a tu Playstation quédate con él, pues —se quejaba la novia, con el apoyo del público.

—De pronto yo me muero antes. Seguro que sí, papá.

—Yo la invité a ella a que jugáramos, pero no quiso —se defendía Edwin, altanero, mientras el público rechiflaba—. Yo le di la oportunidad de que siguiéramos juntos.

—Mijo, no estoy para chistes. Todos estos viejos huelen a kumis, se cagan, se mean, no se acuerdan de nada…

—¿Juntos? Lo que quería era que lo acompañara mientras jugaba, que le sirviera, lo atendiera mientras él se daba patadas, jugaba Fifa o conducía autitos ahí.

—Y yo no estoy para estos reclamos —respondió Jorge con triste firmeza—. Nos vemos el sábado, papá. Cuídese.

Cortó en la mitad de la respuesta airada de su padre. Luego se puso a lavar los platos mientras el teléfono repicaba sin cesar. Limpió el mesón de la cocina con un par de paños desechables. Cuando volvió al cuarto, la conductora del talk show sermoneaba a la chica de los piercings: «Mira, ningún aparato reemplaza a una madre, ¿entendiste?». Se metió al baño y se dio una ducha larga, se vistió deprisa y se fue en busca de un nuevo teléfono.

* * *

Salió del Movistar del Parque Bavaria con un nuevo plan de telefonía y un Samsung de pantalla táctil en el bolsillo. Se sentía culpable, como dándose un lujo inmerecido. En el bus se entretuvo descubriéndole funciones al teléfono. Cuando llegó a la estación del Museo del Oro eran las cinco y media. El centro tenía la vitalidad de los viernes cuando hay pago de quincena: bares y cafés llenos, mujeres arregladas, oficinistas bullosos, movimiento en los almacenes y más gente en las calles. Jorge se detuvo a comprar un sánduche y un Mr. Tea en un puesto callejero, dio una vuelta a la esquina sintiéndose ajeno al ajetreo feliz de los demás. En InfoPlus era igual, todos los que terminaban turno salían buscando qué hacer, adónde empezar a gastarse el sueldo y con quién.

Estaba dándole golpes a la puerta de su casillero cuando la vio en uno de los sofás. Le costó reconocerla, pues la primera vez vestía de negro y tenía las uñas del mismo color, y ahora llevaba jean y una blusa desgualangada, azul eléctrica, aunque conservaba las mismas botas negras y la palidez de siempre. De todas maneras no se veía muy sociable, pero Jorge creía descifrar en su semblante ensimismado, inexpresivo, una secreta capacidad de ternura. Además, tenía esa belleza que no era inmediata, que a partir de ciertos ángulos, expresiones y posturas se iba desgranando lentamente, como el día de la película.

Jorge miró su reloj y descubrió que tenía diez minutos antes de empezar su turno. Se sentó en el sofá de al lado, a lo sumo cabrían dos personas entre ellos. Tan cerca como para que pudieran hablarse sin alzar la voz. Estaba muda y muy quieta, como si de repente, sólo para ella, se hubiese congelado el tiempo. Después hizo una sonrisa o una mueca, Jorge no lo pudo precisar. Se pasó una mano por la mejilla, se revisó las horquillas del pelo con inmensa concentración, le dio vuelta al piercing en su ceja. Parecía no haber reparado en él.

—Me quiere hablar, ¿no? —preguntó, por fin.

—… Sí.

—Viene y se queda mirándome así.

—Perdón. Ehhh, mmm… quería saber qué había pasado con la película del otro día.

Ella se quedó en silencio, mirándolo, y Jorge tuvo que decirle «La del perro zombi».

—Sí, verdad —respondió mientras se derrengaba en el sofá y luego volvía a enderezarse—. ¿Hasta dónde vio?

—Hasta que se llevaban en una ambulancia a la señora gorda que venía a hacer el aseo, el perro escapaba, el protagonista se podía bajar del mesón de la cocina.

—Era rara esa película, ¿no? —dijo ella—. Como rusa o algo así.

—Y todos hablaban como costeños.

—Bueno, a la gorda se la llevan en la ambulancia. Todos los signos vitales en cero, después de ponerle los electrodos esos para que no le diera paro cardíaco. Imposible revivirla ni detener la hemorragia. La ambulancia adentro era roja de sangre —hizo una pausa, ladeó la cabeza y lo miró. Tenía una sonrisa de hoyuelos. Eso le gustó.

Se presentaron. Se llamaba Cecilia.

—Bueno, pero ¿en qué íbamos?

—La señora…

—Ah, revive en la ambulancia. Muerde al médico en el brazo. En el forcejeo y tal, las puertas se abren y la señora se cae de la ambulancia con camilla y todo, que se va por una calle en bajada, llega a un barrio, la señora viva y sobre la camilla, sin pie, toda zombi. Los brazos amarrados, echando sangre y espuma por la boca.

—Me imagino que era una espuma toda irreal.

—No. Ya ve que era creíble… ¿Qué más pasaba?… A la señora zombi se le acercan unos pelados que estaban jugando básquet. Ella está amarrada a la camilla y no se puede liberar, empiezan a decirle «Tranquila, abuela», a tirarle la pelota en la cara y a llevarla mientras ella se retuerce y trata de morderlos, pero no puede. Después muestran al médico de la ambulancia, que le están vendando una mano en el hospital y les está diciendo a los demás lo que pasó. Dice que se siente raro, va al baño, se mira al espejo, está pálido, se empieza a tocar los dientes y los siente filosos. Se mira y descubre que son como los de un tiburón y que la lengua se le ha puesto casi negra. Que está zombi, pues.

—¿Y el tipo de las hamburguesas?, ¿el protagonista?

—No sé. Vi otro pedacito en el que los pelados se llevan a la anciana zombi por el barrio, haciendo chistes, y ya no supe más porque también tenía que volver a mi puesto.

Jorge protestó, le dijo que tenía todas sus esperanzas puestas en ella para saber el final, pero que lo había decepcionado. Ella sonrió y dijo «A propósito, ¿qué hora es?, me tengo que ir», y alzó los brazos como diciendo que no era su culpa.

—¿En qué cuenta estás? No te he visto por la noche —tuteó Jorge.

—Lo que pasa es que yo reemplazo a Maritza cuando ella no viene, la de Hoteles Mercurio. Y cuando no puede Saúl. ¿Los conoces? —tuteó Cecilia.

—No. ¿Son de los que se hacen al fondo?

—Claro, toca hacerse allá porque los de Hoteles Mercurio mandaron hacer un sonido ambiente como de playas, olas, viento. No sé para qué, para diferenciarse o meter propaganda subliminal. Y ese sonido sólo funciona bien en unos Avaya que son más nuevos.

—Ah, ¿y qué tal?

—Es lo peor. Es una línea Pe Cu Erre, y la gente piensa que uno está contestando en bikini y pareo frente a alguna playa lejana mientras ellos tienen una plaga de cucarachas o se tapó el baño, o en los catálogos había la foto de una piscina pero el hotel no la tiene, en fin.

Cuando aún no se había graduado y no le había salido lo de MediSanar, Jorge había contestado una línea PQR. Le salió un brote en la cara que le picaba todo el tiempo, tuvo estreñimiento ocasional e insomnio permanente, perdió el apetito; rompía a llorar sin motivo en un bus, en la fila del banco, en el supermercado.

—En realidad es una línea Cu Erre —aclaró Cecilia—, porque no llaman sino a quejarse y reclamar. Si hacen una petición es que uno se muera, se vaya a la mierda o se meta la promoción por el culo. Cosas por el estilo. ¿Y usted en cuál está?

—Seguros médicos y atención a domicilio de Medi-Sanar.

—¿Bien?

—Pues sí. Para mí son muy incómodos los escritorios de ese lado, pero es manejable…

Cecilia se puso de pie.

—Se me hace tarde.

—A mí también. Vamos.

Fueron hasta la puerta, salieron a la pegajosa vaharada de los escritorios y caminaron en silencio por las filas hasta llegar a la de MediSanar.

—Bueno, mucho gusto —dijo Jorge—. Por ahí nos veremos.

Se dieron la mano. Jorge la vio irse y voltear una vez más, cuando se alejaba.

Saludó a Feliciano, que se quitó la diadema, le reportó rápidamente las novedades y desapareció por el corredor. Jorge, asándose, puso la chaqueta en el espaldar y se dejó caer en el asiento junto a Marta, que lo saludó de beso y le dejó el tacto frío de su nariz en el cachete. Ribera llegó cuando Jorge estaba logueándose.

—Martica, mi vida, ¿qué tal anoche?

—Bien. Menos mal hoy sí llegó temprano.

—Ajá, careverga —le dijo a Jorge—, ¿ya viste que Vicente se parece a Jimmy Salcedo?

Jorge levantó la cara de la pantalla, miró a Vicente, que trabajaba para Seguros Ameris, y le dio toda la razón a Ribera. ¿Cómo era que él mismo no se había dado cuenta? ¿Por qué nadie lo había mencionado antes?

—Dale, Vicen, canta ¡Música, más música, es lo que tenemos, en-el-show-de-Jimmyyy!

Marta decía, risueña, «Tan malo, tan malo». Vicente reía, pero era demasiado tímido para seguir el juego. La verdad, todos eran tímidos al lado de Ribera.

—Bueno, Vicen, ya sabes: si te esmierdaste en el informe puedes dedicarte a la tele —concluyó Ribera mientras se sentaba en su puesto, se ponía los audífonos y ajustaba el pitillo—. Chao, mija, que duermas.

Junto con el pago, que en InfoPlus era mensual, llegaba un correo interno con las estadísticas y el desempeño de los empleados. La lista no tenía nombres sino su código en la empresa. Los empleados cuyo rendimiento estaba por debajo del coeficiente Erlang, que mide la duración ideal y la cantidad de llamadas mínimas que deben atenderse, tenían los números en rojo. De igual manera se tomaban en cuenta la puntualidad y la atención al cliente, que se grababa o monitoreaba aleatoriamente. De ello derivaban llamadas de atención y despidos. El día de pago Ribera hacía bromas, ponía en duda las capacidades de los otros, pegaba post-its encima de la pantalla de los computadores. El puñado de gente que realmente estaba en dicha lista mantenía el secreto, pues eso creaba cierta vergüenza. La línea de InfoPlus era diferente: todas las llamadas, sin excepción, quedaban grabadas, y no se medía la eficiencia por cantidad de llamadas atendidas, había que tener criterio para tomar decisiones y llevar ordenadas las bitácoras. Era un turno con tiempos muertos, los suficientes para que Ribera y Jorge pudieran asumir una hora de turno con las llamadas de ambas líneas.

Jorge saludó por el Avantel a conductores y médicos, les deseó una buena noche y, mientras iba tramitando llamadas, jugaba con su celular, trataba de entender para qué servía cada ícono. A las ocho y media, mientras contestaba los teléfonos suyos y de Ribera, que estaba en su tiempo de descanso, tuvo que encargarse de un tema de pólizas medio truculento: un paciente al que no querían atender a través del servicio Premium porque se había pasado al Plan General, pero lo habían ingresado justo el último día del mes ya pago, cuando todavía le quedaba un día de Premium. Llamó a Ribera al celular pero él le dijo «Compa, estoy acá abajo en Delibono, yo vuelvo en cuarenta y cinco minutos. Tú sabes cómo es». Jorge autorizó el plan Premium hasta el día siguiente, con copia de todo al auditor. Ribera volvió a las nueve y cuarenta y dos, cuando Jorge ya lo había llamado dos veces.

A la una de la mañana se tomó diez minutos. Estaba ansioso, con ganas de ver a Cecilia. Caminó en la oscuridad por entre largas filas de escritorios, fue hasta la sección iluminada del fondo y no la vio. Regresó a la zona de descanso para comerse el sánduche con Mr. Tea que había comprado. A las tres de la mañana le anunció a Ribera que, por su demora en volver del descanso, él se tomaría una hora completa. Fue hasta un televisor solitario. Pasó por los canales de variedades y deportes, siguió de largo por los noticieros y llegó a los de películas, se detuvo en Fear Channel y se sentó a ver *Ghostly Shamus*, la historia de un detective que hacía diez años había trabajado en un caso de infidelidad por encargo de un marido suspicaz que, luego de comprobar su corazonada, había matado a la esposa. El detective juró jamás tomar otro caso de adulterio, pero años después las necesidades económicas lo habían obligado a romper su promesa: había aceptado seguir a una mujer adúltera mientras era acosado por el fantasma de la mujer asesinada. El fantasma se las arreglaba para hacer aparecer al detective como adúltero frente a su esposa, sin que él pudiera convencerla de su inocencia. En medio de una discusión marital el tipo gritaba «¡Es una venganza de ultratumba! ¿Es que no entiendes?». A Jorge le sonó la alarma del celular. Debía volver a su escritorio.

* * *

Los sábados por la mañana, Jorge llegaba a su casa, cerraba las cortinas y apagaba los teléfonos, dormía entre doce y quince horas seguidas. Ese sábado no fue la excepción. Cuando despertó eran las siete y media de la noche. Su celular tenía una llamada de un número desconocido y nueve llamadas de su padre. Había prometido visitarlo pero ya era tarde para eso. Marcó el teléfono de doña Clara, la dueña del hogar geriátrico, y le preguntó por él.

—Hay gente que se demora más en adaptarse. ¿Cuánto lleva con nosotros? Como tres meses, ¿no?

—Ya casi cuatro y medio.

—Eso pasa al principio con algunos abuelitos —dijo, con acento maternal—, pero con el tiempo se amañan, hacen amigos y se entretienen. Luego ya no quieren irse.

—Mi papá era muy independiente, tenía su casa, sus cosas… Era bastante solitario. Yo creo que le han dado duro los horarios y la convivencia.

—Antier lo encontramos en la verja, estaba tratando de abrir dizque para irse a su casa. Se pudo caer y hacerse daño. Agarra cosas de los demás huéspedes… Su papá está en un momento muy complicado; lo llamó muchas veces hoy.

—Yo sé. He estado ocupado. Unos exámenes médicos que me están haciendo.

La dueña prometió estar más pendiente, poner de su parte para hacerle la vida más fácil. «Dele tiempo, llámelo más y venga a visitarlo más seguido», le dijo antes de despedirse. Jorge colgó sintiéndose culpable. Llamó a su padre y soportó una retahíla de peticiones, quejas y reclamos. Llamó al número desconocido y descubrió que era un número de telemercadeo. Cayó en cuenta de que, salvo su tía y su papá, hacía meses que no lo llamaba nadie. Se sintió muy solo, y antes de que lo dominara la tristeza encendió el televisor y pidió un chow fan con lumpias al Chor Lau Heung, su restaurante chino de confianza.

* * *

—¡Esas hijueputas campanas, esa música, esa cantadera, los carros, toda esa mierda…! No lo voy a aguantar, mijo —se quejaba su padre sentado en el borde de la cama, la ventana abierta, señalando hacia la iglesia del Espíritu Santo con su único brazo útil.

Jorge miraba hacia la iglesia, que con su torreta de almenas semejaba un pequeño castillo.

—Cálmese, papá. Si quiere hablo con doña Clara para que lo pase a una habitación de atrás, para que no lo moleste el ruido.

—Además, todo el puto día son funerales, desde las nueve de la mañana hasta las cuatro o cinco de la tarde. He contado hasta ocho.

El brazo izquierdo de su padre era un zombi. No tenía sensibilidad pero sí pequeños movimientos independientes. Esta vez los cortos espasmos del brazo parecían un alegato en favor de lo que estaba diciendo.

—Ya sé para qué escogió este sitio: cuando me muera, ahí nomás me hace el velorio.

—Lo escogí porque está cerca de mi casa y el precio se puede pagar con el arriendo de la suya. Hay enfermera, le hacen terapias. No se queje más.

—De nada sirve que quede cerca a su casa. Da la misma porque usted sólo viene los domingos —el brazo autista se había quedado inmóvil.

—¿Y esas chanclas?

—No me trate como un niño, no venga a cambiarme el tema —protestó su padre.

Eso generó uno de esos silencios perplejos que siempre salpicaban las conversaciones entre ellos. Jorge estaba recostado en un escritorio gris, de lata, frente a la cama; descorrió un asiento escolar, de varillas y tablas, se sentó en él. Entonces don Carlos habló con cierto orgullo: «Se las robé a un viejo güevón que anda por ahí dejando las cosas tiradas».

—No puede hacer eso, papá.

Su padre, distraído, estaba mirándose el brazo.

—A veces se está quieto y puedo olvidarme de él, pero cuando pasa mucho tiempo sin moverse, pienso que se me desconectó del todo y nunca lo voy a recuperar.

Su rostro había vuelto a su antigua dureza. En la iglesia estaban cantando otra vez. Salía un ataúd negro y a su alrededor señores de negro, señoras bien vestidas, dos niñas. Se quedaron en silencio un momento, mirando ambos por la ventana.

—¿Oyó lo que dije? No puede andarle robando las cosas a la gente.

—Todo el puto día esa mierda. No para.

Entró en el cuarto una enfermera de unos treinta y cinco años, baja, trigueña, voluptuosa, fea de cara. Sostenía una tabla de encuestador, en la otra mano llevaba una jarra de agua. Tenía terciada una especie de neverita plástica.

—Buenas —dijo.

—Cómo le va, Indira.

—Irene, don Carlos, me llamo Irene —corrigió ella amablemente—. Buenas, señor, mucho gusto, soy Irene López, yo empecé ayer.

—Mucho gusto, Jorge. ¿Usted reemplazó a… cómo se llamaba?

—A Rosa, sí. Vengo los fines de semana o entre semana cuando me necesite doña Clara —avanzó hasta el escritorio y ahí puso la jarra, buscó entre las hojas de la tabla, se acercó a la cama—. Don Carlos, ahorita le toca la aspirina.

El viejo rezongó, apartó la vista hacia la ventana. Ya habían metido el ataúd en el carro fúnebre. La gente se iba montando en los demás carros, parqueados alrededor de la iglesia y en ambos andenes a lo largo de la cuadra. Irene y Jorge cruzaron una mirada amable, ella abrió el botiquín que traía terciado, sacó la pastilla y un vasito desechable, lo llenó con agua de la jarra. Fue hasta el brazo inerte de su papá y trató de entregarle la pastilla:

—Venga, recíbamela.

—¿Ustés bruta?, ¡ese es el brazo que no me sirve! —dijo su padre.

—¡Papá! —intervino Jorge.

Irene sonrió y le dijo «Perdone», le acercó la pastilla a la boca, el viejo desvió la mirada hacia la torre de la iglesia, con gesto enfurruñado, la mano de Irene persistió hasta que abrió la boca de mala gana. Luego tomó agua del vaso plástico que Irene sostenía.

—¿Quiere más agua?

Negó con la cabeza. Irene se retiró, dio vuelta a la cama.

—Venga le lleno su vaso —sirvió más agua en un vaso de vidrio que estaba en el nochero—, así toma cuando le dé sed.

—A mí no me gusta esa agua reposada. Yo quiero agua de la llave, recién servida.

Jorge quiso decirle a su padre que no fastidiara. A Irene, sin embargo, nada parecía afectarla. Dijo «Regreso a la noche, don Carlos» y se despidió de Jorge. Salió de la habitación y los dejó ahí, mudos durante un largo rato. La mano izquierda de su padre, con la palma hacia arriba, se movía como un boxeador noqueado que tratara de ponerse en pie. Su padre la miraba con pesar.

—¿Qué pasó con Rosa?

—Ni idea. Y trajeron a esa sonsa... Este sitio es una mierda, Jorgito. De verdad.

Otro silencio. Jorge se sintió muy agotado. Su padre tomó el control remoto, encendió el televisor y empezó a pasar canales. Se detuvo en un programa científico que exploraba la posibilidad de que pudiera fabricarse madera en laboratorio. Madera no proveniente de los árboles. El científico Heinz Kaiser, biólogo de la Technische Universität de Dortmund, había logrado la reproducción de tejido vegetal in vitro, y calculaba que en cincuenta años la producción de madera no arbórea sería tan común como la industria del plástico o la metalurgia. Jorge se recostó en el escritorio y luchó por mantenerse despierto hasta que las humaredas del sueño lo cubrieron.

Se escuchaba el sonido lejano del velorio, con un llanto histriónico que venía de uno de los deudos, salía de la iglesia y se mezclaba con la locución del televisor. En un momento pudo abrir los ojos y vio a su padre atento a la pantalla, con el brazo autónomo en movimiento. Luego volvió a dormirse hasta que en la mezcla de televisión y velorio entraron otros ruidos. Abrió los ojos y descubrió a su padre avanzando a trompicones hacia el baño. Tardó en reaccionar. Cuando estaba poniéndose en pie, ya don Carlos cerraba la puerta. Adentro sonaban esfuerzos y pequeños golpes.

—¿Todo bien allá?

Silencio prolongado, movimientos, roce de telas. Luego, el sonido de la cisterna. Su padre empujó la puerta con el hombro, mientras se sostenía en el bastón. Jorge se acercó para ayudarlo pero él le pidió espacio. Llegó hasta la cama y preguntó «¿Vamos a almorzar ya?».

Jorge se acercó a la cama, tomó el control remoto y apagó el televisor. Luego fue a la silla de ruedas y empezó a desplegarla. Su padre lo miró con recelo.

—No estoy tan jodido como para necesitar eso.

—Papa, acuérdese de la vez pasada.

Su padre se mantuvo quieto, serio, hasta que Jorge cerró la silla. Jorge lo vio venir lentamente hacia él, midiendo cada paso.

—Páseme el bastón —pidió, cuando ya empezaba a trastabillar.

Cuando Jorge se lo entregó, lo afirmó en el suelo como si tratara de enterrarlo, se apuntaló en él y avanzó hacia la puerta abierta, traspasó el umbral con Jorge detrás.

—Espere, papá. Venga le saco una chaqueta.

Fue al clóset. Encontró una chaqueta azul impermeable, abullonada. Dudó si era de su propiedad o si se trataba de otro robo. La descolgó del gancho y salió al corredor. Su padre, con el brazo útil aferrado al bastón, se movía como siguiendo una melodía abstracta. Jorge lo siguió de cerca, atento a sostenerlo si daba un paso en falso. Su padre, sin embargo, se las arreglaba para no irse de bruces. Al fondo del corredor, a la derecha, había una escalera angosta. No cabían dos personas en el mismo escalón. Jorge se adelantó y bajó de espalda, los brazos un poco extendidos hacia don Carlos. El viejo se apoyaba en el bastón mientras el otro brazo, insensato, no se agarraba de la pared. Llegó hasta el descansillo jadeando. Jorge lo sostuvo en el último tramo. Ya en el primer piso, don Carlos se quedó quieto hasta que su respiración se acompasó. Cerró los ojos, como recordando algo muy complicado.

—¿Quiere que busque la silla?

Su padre apoyó el bastón en el piso y con nueva resolución avanzó hacia el patio interior, donde había una Virgen de yeso en un pedestal que a la vez era matera con flores. Allí, en el sol, había un señor de largas canas despelucadas que tomaba obediente una sopa que una joven le cuchareaba.

Don Carlos, tambaleante, avanzó golpeándose de vez en cuando con la pared a su izquierda. Jorge reprimió un nuevo ofrecimiento de ayuda y caminó junto a él. El viejo continuó hasta que, exhausto, dijo «Paremos» y se recostó a la pared, justo al lado de la puerta de la cocina.

—No tenemos que pasar por esto otra vez, papá. Déjeme ir por la silla.

Por toda respuesta, su padre, apoyándose en el umbral, entró a la cocina y se sentó en una silla junto a una mesa auxiliar de fórmica y patas metálicas. Ahí estaba una empleada de rasgos varoniles y tobillos muy anchos, que sin embargo tenía una voz dulce y una sonrisa amigable. No había ollas humeantes ni preparativos. Los domingos no se cocinaba nada para el mediodía, el almuerzo corría por cuenta de los parientes o de los mismos huéspedes.

—Don Carlos, ¿cómo está?

Jorge vino a sentarse junto a su padre, en otra silla de las tres que había.

—¿Les provoca agüita?

Jorge declinó, su padre dijo «Yo sí, gracias». La empleada puso el vaso en la mesa, don Carlos dejó el bastón entre sus rodillas y alcanzó el vaso. Tomó algo, pero buena parte del agua le resbaló por la barbilla y le mojó el suéter. Con algo de estruendo, puso el vaso sobre la mesa.

—¿Hoy tampoco se va a montar en la silla, don Carlos?

—No quiere —protestó Jorge.

El viejo no estaba de humor. Empuñó su bastón con el brazo bueno, se puso en pie, volvió al corredor y avanzó obstinadamente hacia la puerta, maniobró sin éxito para abrir las chapas. Jorge se encargó de hacerlo. Afuera, los cables de la luz rayaban el cielo, superpuestos a la iglesia blanca y rojiza, a la torreta con almenas y a la ventana de celosías que cubría el campanario. La calle se veía desierta, aunque algunos carros estaban parqueados en ambas aceras. Su padre se adelantó hacia la reja mientras Jorge cerraba la puerta. Logró de alguna forma mover el pasador de la reja, pero dejó caer el bastón. Jorge llegó a tiempo para atrapar a su padre, que se había inclinado peligrosamente hacia atrás. Recogió el bastón, lo ayudó a salir y cerró.

—¿Vamos al Crepes?

—Es lejitos —advirtió Jorge—, ¿quiere que llamemos un taxi?

—No. Vamos.

Cruzaron la calle y continuaron rumbo al Park Way. El andén junto a la iglesia era de piedra y en las grietas habían crecido cordones de pasto. Don Carlos caminaba con esfuerzo y respiración agitada. «Ya, papá. Tranquilo, vamos a su ritmo. No se afane que eso le hace daño». Ignoró a Jorge, se detuvo, miró hacia los lados como buscando algo para asirse o sentarse, pero a la izquierda el muro era muy bajo, inclinado, de manera que era imposible sentarse, y a la derecha había unos arbustos incipientes. Jorge se quedó mirando hacia el suelo: los cordones de pasto parecían moverse. El viejo perseveró hasta llegar al andén plano hecho de láminas rectangulares. Allí se detuvo, agachó la cabeza y mostró su cráneo despoblado, con unas mechitas como humo que tenía sobre las orejas y cerca del cuello. Parecía ocultar que lloraba. «Venga pues», insistió Jorge, y lo llevó hasta un muro con una reja negra, frente a un árbol inclinado, de hojas corrugadas y con sus frutos maduros, abiertos, caídos sobre el piso. Don Carlos quedó recostado, bastón en mano, en silencio, la mirada en el piso, el brazo terco dormido. Con voz casi inaudible, le dijo:

—Vaya pues por la silla.

Dejó a su padre ahí, a medias sentado sobre el muro, aferrado del bastón, con el brazo rebelde ahora doblado sobre el pecho. Empezó a alejarse, pero cuando miró hacia atrás el viejo ya se había levantado y daba pasos muy cortos, muy lentos. Jorge se devolvió mientras le decía «No sea terco, papá». El viejo lo miró y le dijo «Yo voy avanzando un poquito mientras usted regresa». Convencido de que era inútil alegar, deshizo camino hasta la casa. Cuando abría la verja, miró hacia la calle y vio que su padre, escorado un poco hacia la derecha, continuaba su abrumada caminata. Timbró. La empleada de los tobillos gordos abrió y le franqueó el paso. «¿Y su papá?», preguntó sorprendida. Jorge le dijo que esperaba afuera la silla y continuó por el corredor, que de repente se hizo largo, muy largo, interminable, gélido, con una lucecita al fondo en medio de la completa oscuridad. Luego se abrió como la rasgadura de un telón y vio el borde del escritorio, sintió el cachete frío contra el vidrio, y al fondo consiguió reconocer a su padre en la cama, con las gafas caídas sobre la nariz, el rostro concentrado en la pantalla del televisor, que emitía el murmullo de una voz en off doblada al español. También reconoció el nochero con el vaso de agua, el timbre junto a la cama. Levantó el cuello entumecido, se quedó un rato quieto como un búho.

—Se queda dormido sobre el filo de un machete, usted.

—Estaba soñando que nos íbamos a almorzar.

Su padre se revolvió en la cama, se tocó instintivamente la barriga.

—Pues vamos.

Jorge se puso en pie.

—Pero llevamos la silla.

—No la necesito.

—La vez pasada nos demoramos como una hora llegando. Sumercé es muy terco —alegó Jorge, mientras iba hasta la silla de ruedas y la desplegaba con autoridad.

Permanecieron en silencio, midiendo fuerzas, hasta que su padre dijo «Está bien» y, agarrándose a la cama, se sentó en la silla.

—¿Vamos a Crepes? —preguntó.

—Justo ahí era donde íbamos en el sueño… ¿A otro lado no le provoca?

—Allá es donde hay mejor comida blanda.

—Okey. Pero vayamos al de mi casa.

—¿Y dónde es?

—Ay, no joda, ¿en serio? Al de la treinta y nueve con séptima, cerquita de mi casa.

—Usted sabrá, mijo.

Fueron hasta la escalera. Don Carlos se levantó de la silla, Jorge lo dejó asido del umbral y bajó las escaleras con ella. Cuando regresaba, su padre ya se había lanzado a bajar él solo. Fue todo más lento, más trabajoso que en el sueño. Su padre lucía más débil, más resignado a la silla de ruedas. Jorge lo ayudó a sentarse en ella y salieron al patio interior, que estaba desierto. El brazo izquierdo parecía entusiasmado, saltando sobre su regazo como un cachorro ante la llegada de su amo. Pasaron junto a la cocina.

—¿Cómo está, don Carlos? —lo saludó una empleada muy flaca, narizona, de ojos bonitos y nada más; muy diferente de la que Jorge había soñado.

—Bien.

—¡Su hijo y usted sí son calcados!

Jorge saludó, se despidieron. Llegaron a la puerta, su papá dijo «Quiero ir al baño».

—Vamos pues —dijo Jorge, guiando la silla de ruedas hasta un baño comunal que estaba en un recodo cerca de la puerta.

—No. Yo no voy a entrar ahí.

—¿Ah, no?, ¿y por qué?

—Estos viejos entran acá, mean los bordes, cagan afuera. Me da asco.

—No jodás que vamos a devolvernos a su baño…

Su padre se obstinó. Que no entraba aunque limpiaran antes. No y no. Amenazó con orinarse ahí mismo. Jorge entró al baño y comprobó que en efecto olía mal, pero no quería darle la razón a su padre. Vino Irene y trató de calmarlo. Fue peor. Jorge llevó la silla de mala manera. En el patio, la puerta de una de las habitaciones se abrió pero Jorge no se detuvo a ver quiénes salían de allí. Llegó a la escalera y subió a su padre de afán, casi echándoselo al hombro. Lo dejó en el pasillo, subió la silla, lo sentó con cierta brusquedad. Su padre permanecía en silencio. Recorrieron el pasillo hasta su puerta. Abrió, entraron al cuarto. Llegaron hasta el baño. Jorge lo ayudó a levantar, le pasó el bastón, cerró la puerta, esperó a que saliera del baño, lo ayudó a sentarse en la silla y, con idénticos trabajos y trajines, llegó por fin hasta la puerta principal.

Afuera, la homilía era un murmullo que salía terso y constante de la iglesia. Dos tipos, uno de corbata y gorra, el otro de pantalones cafés y camisa de cuadros, charlaban y fumaban. Sobre el andén frente a la casa, tapizado de losas, se deslizaba suavemente la silla de ruedas. Luego pasaron frente a la Clínica Santa Catalina, un instituto de cirugía estética que parecía de dudosas credenciales y funcionaba en la casa aledaña, similar a la del geriátrico pero con puertas de vidrio ahumado y un gran letrero azul. Allí el andén se cuarteaba y en las grietas crecía el mismo pasto del camino pedregoso frente a la iglesia. La silla rodaba con dificultad, se atoraba en los baches. Ambos miraron hacia la calle, que se desprendía rectilínea e infinita hacia el occidente, entre la iglesia y el colegio Champagnat. A lo lejos, en el punto donde la perspectiva se estrechaba, se movía una mínima mancha sombría. Por un momento

Jorge pensó que era el padre de su sueño, yendo obstinadamente hacia el Crepes del Park Way sin él.

—Para allá, que está el Crepes.

—Vamos para el de la séptima, acuérdese.

—¿Y al otro por qué no? —señalaba su padre con el brazo obediente.

—Por cambiar… Es igual de cerca y vemos otro paisaje —respondió Jorge, y siguió de largo frente al colegio.

—No sea güevón. Vamos al de siempre —protestó don Carlos.

—Vamos al otro y después vamos a mi apartamento. Hace rato que no viene —insistió Jorge de buen humor, y siguieron por el andén nuevamente liso, frente a una cigarrería que funcionaba en el garaje de otra casa.

* * *

Abrió los ojos: sobre una superficie blanca se movían erráticamente algunos puntos negros. Después de parpadeos y un largo bostezo, levantó la cabeza, miró con detenimiento los puntos, se incorporó a medias y descubrió que eran hormigas caminando sobre su almohada. Había otras atravesando el cubrelecho verde hacia el oriente de la cama, como peregrinos a través de un inmenso llano. Jorge levantó del piso la caja de Jeno's que había pedido la noche anterior. Tenía algunas hormigas caminando sobre el cartón. Adentro se agolpaban hasta ennegrecer algunas partes de los tres triángulos de tocineta y ciruela que habían sobrado. De pronto recordó la malteada sobre el nochero. Ahí estaba, cubierta de hormigas que salían y entraban del pitillo. No recordaba haber visto alguna con anterioridad en su apartamento. ¿De dónde salían tantas?

Se alzó de hombros, fue a la cocina, sacó una bolsa de basura y en ella echó la caja de pizza con los restos y el vaso de malteada. Le hizo un fuerte nudo y la dejó al lado de la puerta. En un impulso cambió la basura del cuarto y del baño. Sentía hormigas caminándole en el cuello, el pecho, las piernas. Fue a la cocina, abrió una puerta y sacó la aspiradora. Luego regresó al cuarto y la pasó por la cama, el suelo y el nochero. Trató de cazar hasta la última hormiga solitaria. Después fue a bañarse. Una vez vestido y en medias, intentó el ritual inútil de ponerse sus antiguos zapatos. No tuvo más remedio que calzarse sus Reebok, tomar los exámenes que ya tenía y salir rumbo a la Clínica del Country.

En el laboratorio le entregaron un sobre de manila que contenía la ecografía y otro que tenía los exámenes de tiroides y hormona del crecimiento. No quiso mirarlos. Fue al ascensor, subió al cuarto piso y habló con la secretaria del doctor Bonilla.

—¿Tiene cita?

—No, pero el doctor me dijo que apenas tuviera los exámenes viniera y que él me atendía.

La secretaria, con expresión de derrota, revisó unos papeles y le preguntó su nombre. Luego le indicó que esperara. Había asientos libres. Jorge fue por una revista que estaba en una mesita, tan sólo había unas de tema médico llenas de publirreportajes. Se sentó y miró hacia el televisor. Un cura de barba, en mangas de camisa, hablaba de la fe que se necesita para construir el amor. «El amor, con el acompañamiento de Cristo, se fortalece. Cuando el amor a la pareja se cimenta en el amor de Dios, tiene raíces más profundas...». El padre hacía un silencio circunspecto. «El otro día se acercó una mujer y me contó que ella y su esposo pasaron un momento muy difícil cuando él le dijo que estaba saliendo con alguien más. Le dijo que había dejado de amarla. Ella entonces le propuso que oraran juntos, fue cuando fueron encontrándose en la fe, superando las barreras para entenderse, dándole un lugar a su amor al lado de Dios, y así él dejó la otra relación y volvieron a estar unidos». Jorge quería ir hasta el televisor y cambiar el canal, pero los demás se veían interesados. El padre pronto olvidó a la pareja que rezaba e invitó a que los televidentes compraran su libro. La secretaria lo llamó por su nombre y le indicó que siguiera al consultorio.

El doctor Cristian Bonilla se levantó del escritorio, le dio la mano y lo invitó a sentarse. Luego miró la pantalla de su computador un momento antes de preguntarle cómo se había sentido.

—Pues bien —respondió Jorge sin mucha convicción.

—¿Sigue con los pies hinchados?

—Sí… más bien como grandes. Agrandados.

—¿Algún síntoma diferente?, ¿dolores?, ¿edema?

—No, doctor. Traje los exámenes.

Jorge deslizó ambos sobres hacia el otro lado del escritorio. El doctor sacó la ecografía y la examinó con atención.

—Pues esto se ve normal. Esto descarta una trombosis venosa, por ejemplo… Miremos los otros.

Abrió el otro sobre, sacó dos hojas tamaño carta que estaban grapadas y dobladas, las miró con detenimiento.

—Uhmm. El resultado es normal.

—¿Está seguro? —preguntó Jorge con ansiedad.

El médico le mostró la primera hoja.

—Mire el de la tiroides —señaló con el índice—. Usted tiene dos setenta y cinco, y lo normal está entre cero coma cuatro y cuatro.

—Veo.

—Y el ge hache le salió en once coma tres. Eso también es normal… Perfectamente normal.

Jorge sintió la mirada escrutadora del doctor Bonilla. Incómodo, se echó para atrás y preguntó «¿Entonces qué puede ser?». El doctor se tomó su tiempo antes de preguntar «¿Y los pies le crecieron en cuánto tiempo?».

—No sé. Yo trabajo de noche, de seis a seis. Llegué a mi casa por la mañana, me eché a dormir, me levanté para almorzar, volví a dormirme y cuando desperté, como a las cuatro de la tarde, ya no me quedaban los zapatos.

—Unas cuatro o cinco horas —concluyó el doctor.

—Pueden ser más, porque al mediodía estuve descalzo. De pronto ya se habían hinchado.

—¿Y no se le han deshinchado?

—No. ¿Quiere revisarlos otra vez?

—Usted es enfermero, ¿no?

Jorge asintió. El doctor le preguntó si, según sus conocimientos, no le parecía raro que no tuviera ningún síntoma de hinchazón como enrojecimientos, dolores o edemas, si no le parecía muy sospechoso que se le hubieran hinchado, «o agrandado, pues» —y dijo esto con cierta ironía—, ambos al tiempo, y que estuvieran del mismo tamaño, y por último le dijo, contundente, mirándolo a los ojos, que no había ningún otro examen por hacer.

—¿Piensa que yo me inventé todo eso?

—Pues no, no creo que esté diciendo mentiras… Cuénteme una cosa, ¿le ha comentado a gente cercana lo de sus pies? Su esposa, su novia, un hermano… ¿Qué dicen ellos?

—Pues no. Ahora estoy viviendo solo.

El doctor pareció rumiar este dato.

—¿Usted bebe, consume alguna sustancia sicoactiva?

—No.

—¿Le han prescrito algún medicamento siquiátrico?

—Pues sí. Hace como diez años. Odranal, se llamaba. Un antidepresivo, sí señor —admitió Jorge, incómodo—. Pero lo tomé sólo como tres meses. No alcanzaron a ser tres.

—¿Ha tenido controles?

—Pues después de esa vez, no. No los he necesitado.

—Yo creo que pues... debería considerar la posibilidad de hacerse un control.

—Pero eso fue hace años, no he vuelto a pasar por algo así. Además cuando uno se deprime no se inventa que tiene los pies más grandes.

—Tranquilo, no me tiene que dar explicaciones. Yo soy internista. Le estoy diciendo que en la parte física no veo nada. Entonces puede ser otra cosa...

Se miraron en silencio durante un momento.

—Otra cosa que quería decirle, amigo, es que lo veo muy jorobado. Mucho. Póngale cuidado a eso.

Jorge se puso de pie. Le dio las gracias al doctor y le estrechó la mano. Salió a la calle y caminó sin ganas hasta la estación de Transmilenio.

2

Los falsos Reebok aún no cumplían tres semanas cuando a uno de ellos se le desprendió parte de la suela. Se habían deformado y nunca fueron del todo cómodos. Jorge los dejó en la basura de un almacén donde, gracias a una promoción en la que daban un segundo par a mitad de precio, adquirió unos zapatos negros y otros habanos. Esa misma tarde, antes de irse a InfoPlus, sacó los cuatro pares que tenía en el clóset y se los regaló a un indigente barbudo, de pelo empegotado, que a veces pedía plata en la esquina del BBVA. Al día siguiente, un miércoles, botó las chanclas que tenía y compró unas nuevas. Con eso ya quedaba claro que se había resignado a sus pies, aunque todavía no lograba acostumbrarse a la idea de que le hubieran crecido sin motivo. Por momentos había temido súbitos colapsos y presentido nuevas complicaciones, pero ante la ausencia de malestares o síntomas, decidió continuar su vida: trabajar, mantener en orden su apartamento, pagar las cuentas, cocinar y algunas veces pedir comida a domicilio. Visitar a su padre también.

Don Carlos seguía quejándose y rezongando, pero su mal humor se había atemperado. Incluso podía decirse que tenía momentos felices. El domingo siguiente a su resignación podal, Jorge fue a las diez de la mañana y lo encontró acostado, con la camisa desabrochada, la panza al aire y el brazo izquierdo ajeno a toda curiosidad, adormecido sobre la cama, mientras Irene le cortaba las uñas.

—Quihubo, pa —rodeó la cama y lo saludó con un beso en la mejilla—. Hola, Irene.

—¿Cómo le va? El señor —dijo, señalando a su padre— no hace más que hablar de usted.

—Diciéndole lo ingrato que es —se quejó don Carlos, pero su tono era festivo, no agrio como en otras ocasiones.

—Qué va —respondió Irene, dejando el pie de su padre sobre la cama—, «mi hijo el médico que administra un servicio de ambulancias». Todo orgulloso.

—¿Médico?

—Bueno, quietecito que ya vamos a terminar —dijo Irene, y continuó con el siguiente dedo.

Jorge, molesto, se recostó en el escritorio.

—Él es todo exagerado. No soy médico. La verdad es que estudié enfermería. Trabajo en un centro de llamadas.

—Ya la cagó. Yo decía que usté era médico porque la enfermería es puro oficio de maricas.

—¿De dónde se graduó? —preguntó Irene con interés.

—De la Antonio Nariño.

—Yo soy de la Manuela Beltrán.

—¿Qué tal es allá?

—Pues en mi época era chévere. Yo me gradué en el 2007. ¿Y cuál es su trabajo entonces?

Jorge le habló de sus noches en el InfoPlus, los dos servicios que se turnaba con Ribera. Se esmeró en que sonara interesante. Su papá intervino un par de veces para poner la nota ácida. Jorge se iba llenando de rabia. Irene escuchó, sonrió, volvió a cortarle las uñas a don Carlos.

—Ay, con cuidado, niña —se quejó su padre, y trató de retirar la pierna. Irene se la retuvo.

—Espérese que ya me falta poco.

Jorge pensó que era una situación repetida muchas veces, pero ahora puesta en escena para que él fuera espectador. Se sintió intruso.

—Qué me trajo —dijo su padre, reparando en la bolsa que tenía Jorge en la mano.

Se la entregó. Al inclinarse Irene, Jorge pudo ver las tetas que su padre también miraba. Luego ávido, como si rebuscara en el brasier de Irene, don Carlos hurgó en la bolsa. Pareció decepcionado ante las galletas con dulce de higo, imitación de las Fig Newtons que don Carlos traía a casa cuando Jorge era niño. Las puso en el nochero sin dar las gracias, mientras Irene proseguía con sus pies. De fondo, cada tanto, se oían, secos, agudos y metálicos, los mordiscos del cortaúñas.

—Llamó una muchacha preguntando por usted, dijo que dizque yo estaba en un hospital.

—¿Que usted estaba en un hospital? —repitió Jorge.

—Sí, yo. Una pelada me decía «El señor Carlos Alfredo está acá en el hospital», y preguntaba dónde conseguirlo a usted. Yo no entendía una mierda y le dije que era imposible porque yo era su papá pero ese no era mi nombre. ¿Por qué habrá dicho que soy Carlos Alfredo? —se quedó pensando.

—¿Cómo así? No jodás que se le olvidó.

—¿Se me olvidó qué?

—¿Cómo se llama usted?

—Ya terminamos —dijo Irene, con una bella sonrisa en su cara tosca, como hecha sin ganas.

—Gracias, mijita —respondió don Carlos, mirándose los pies.

—¿Se olvidó de cómo se llama? ¿Papá...?, ¡ey!

—Ahora sí quedó presentable —dijo Irene con dulzura.

Don Carlos estiró el brazo derecho como para pellizcarle un muslo.

Ella lo esquivó y dijo con falsa severidad, mientras miraba a Jorge, «Su papá no tiene remedio».

—Se salvó porque estoy viejo. Si tuviera unos años menos… —suspiró el viejo.

Jorge permaneció en silencio. También encontraba atractiva a Irene, pero no sabía cómo reaccionar ante los comentarios de su padre.

—Acá lo que hay es un poco de ancianas teticaídas y descolgadas —continuó, y soltó una risilla de sátiro que derivó en ataque de tos—. Parecen unos sharpéi, les cuelga así todo el cuero a los lados.

—¿Cómo se llama?, ¿cuál es su nombre?

—Ay, hombre, güevón, ¡pues Carlos Alfredo!, ¿cómo me voy a llamar?

Abrumado, Jorge fue a sentarse en la silla frente a la cama. Irene le sonrió.

—¿Cómo se lo aguanta usted? —le preguntó Jorge.

—Ahí toca con maña. Es de carácter difícil... Bueno, luego seguimos hablando. ¿Dejo abierto?

—Sí —respondió Jorge.

—Chao, don Carlos. Mucho juicio.

—No se vaya a enamorar de ésta —le dijo su padre cuando quedaron solos—, que es muy guaricha. Culéesela y ya. No cometa el mismo error que ya cometió antes.

—Ya cállese, papá. Ya cállese. Cada vez está más pendejo. ¿Por qué anda diciendo que soy médico?

Su padre se levantó trabajosamente, fue sin bastón hasta el clóset y, mientras lo abría, le dijo «Sáqueme de aquí, mijo, aunque sea un par de horas. No quiero estar cerca de todos estos viejos cagados».

—Todavía es temprano para almorzar.

—No importa, vamos a cualquier lado. Está haciendo sol y no demora en venir otro velorio de mierda.

«Cualquier lado» solía ser el Parque Brasil, que estaba a dos cuadras; pero fueron al Park Way porque debían comprar algunas cosas para don Carlos. Allá, al costado occidental, circulaban bicicletas, mascotas, jóvenes, ancianos, niños y más niños, gente en patines de línea y tablas. Grandes nubes agrisaban las copas de los urapanes. Su padre dijo, triste, mirando su brazo independiente moverse como una especie de culebra, «Qué mierda, yo estoy más jodido que esa señora», y señaló con el brazo obediente a una anciana vestida con una bata de enferma, que iba con pasmosa lentitud, acompañada de una señora madura que la sostenía.

—No señale así tan evidente.

Cuando llegaron a Carulla, su padre insistió en que no iba a entrar en silla de ruedas. Tuvieron que dejársela cuidando a la señora que vendía flores. Su papá había traído el bastón. Lo apoyó en el piso, se levantó sin ayuda y caminó decidido, trastabillando. Jorge lo siguió en un carrito hasta que don Carlos, rendido, le pidió que pusiera el bastón dentro del carro, se apoyó en él y continuaron por las góndolas buscando crema y cuchillas de afeitar, talco para pies, seda dental, pilas doble A para una linterna, tres botellas plásticas de agua, Vic Vaporub y aspirinas.

—¿Flip? —preguntó su padre cuando Jorge metió unos tarros de Raid Ant & Roach.

—Es para mí. Se me llenó la casa de hormigas.

—¿En serio?

—Pues no está *llena*, pero sí las he venido encontrando por ahí. Tengo que buscar de dónde salen. Ya no puedo dejar nada de comida porque se le suben.

—Bueno, echemos las cosas para llevar. Se me acabó el Mexsana.

—Ya las echamos —le aclaró Jorge mostrándole el carrito.

Su padre se quedó quieto durante unos segundos, mirando los productos, y luego empezó a decir «Yo sé, yo sé, ¿qué creía?, ¿que no me había dado cuenta?», luego se quedó callado un rato hasta que continuó con «¡Yo no soy como esos viejos que se deschavetan, se empiezan a mear, no reconocen a los hijos ni nada de eso! No joda, ¿oyó?».

La cajera del supermercado les entregó trece cupones para el sorteo de un viaje a Cartagena. Jorge nunca participaba en ese tipo de concursos, pero su padre empezó a decirle «¡Hágale, mijo!, fijo va y se lo gana», y ante las negativas de Jorge terminó poniéndose muy bravo; Jorge, temeroso de que le fuera a dar un derrame o un infarto, accedió de mala gana a llenarlos y meterlos en el buzón. Quedó amargado, pensando que si a su papá le daba demencia senil de todas maneras iba a seguir jodiendo hasta el último día.

A la salida le dieron mil cuatrocientos pesos de propina a la señora de las flores. Su padre se sentó en la silla, Jorge le puso una bolsa en el regazo, luego colgó las otras dos en las manijas para empujar. Regresaron con lentitud. Su padre esperó afuera, en la silla, mientras Jorge subía a dejar las compras. Todo quedó al alcance, la mayoría en el nochero de la derecha. Salió y encontró a su padre airado por su tardanza, impulsó la silla y fueron de nuevo al Crepes de la treinta y nueve. Jorge quería probarse que también podía imponer su voluntad; don Carlos cedió, no sin antes decirle «Igualito a su mamá, la misma hijueputa terquedad».

Jorge, herido, pasó la silla rápido y con fuerza por algunos baches que sacudieron a su padre y por poco lo tumban. En

Crepes, Jorge pidió sopa y una ensalada; su papá, un crepe de champiñones. Desgajaron el periódico y lo leyeron, primero en silencio pero luego, cuando empezaron a intercambiar las partes ya leídas, don Carlos dijo «Ese ministro gordito se parece a Danilo Robles cuando era joven. Mejor dicho, igualito».

—¿Cuál era Danilo Robles?, ¿el señor del carro antiguo?

—No, ese era Henry Robledo, que vivía a la vuelta de la casa. No, Danilo Robles era de antes, íbamos a su casa y ponía salsa, bailaba con una gorra blanca como de cubano, tenía una esposa gorda y dos hijas.

—Uy, juepucha, estamos hablando de hace como treinta años. Más.

Jorge aguardó en vano, los ojos fijos en la foto, que el rostro del ministro sacara del olvido el rostro de Danilo Robles.

—Era tremendo, Danilo. Qué berraco. Más bandido que yo.

—Las hijas… Debe tener por ahí treinta y cinco la menor. La otra era de mi edad. ¿Cómo se llamaban?... Las vestían como unas muñequitas. ¿Por qué nunca los volvimos a ver?

—Se mudaron para Armenia y después él se cambió de casa, nosotros también, se perdió el contacto.

—¿Y ni más?

—Me lo vine a encontrar después, hace por ahí unos quince años. Me contó que se había separado de Hilda, la esposa. Estaba vendiendo bafles y equipos de sonido y viviendo otra vez en Bogotá. Me dio la tarjeta pero luego se me perdió. Juepucha, pero es igualito, era haga de cuenta este tipo.

—Me acuerdo de la gorra blanca, y de las hijas… Isabel se llamaba la mayor. ¿Robles? Voy a buscarla en Facebook. ¿Le contó de ellas?

Con diálogos como ese —planos, anecdóticos y sobre otras personas— volvían a comunicarse. Y siguieron hablando de todo y de nada durante un buen rato, hasta que Jorge dijo «Bueno, papá, vamos».

Salieron de Crepes, se permitieron algunos chistes y cruzaron de buen humor el puente frente a los tipos que vendían tapetes hechos con cuero de vaca. Bajaron por el otro andén en la misma tónica, luego frente a los parqueaderos de Ecopetrol, siguieron de largo por el edificio de Royne y llegaron al de Jorge. Subieron por el lento ascensor de ducto sinuoso.

—Uno se olvida que esto es tan alto. Hasta da mareo —dijo su padre cuando entraron—. ¿Tiene tintico?

—El café le hace daño —respondió Jorge abriendo la ventana.

—Démelo, que así me muero más rápido.

Ante el argumento, Jorge puso la cafetera. Don Carlos tomó el bastón, se apoyó en él sin levantarse, se quedó mirando hacia el entramado de casas y edificios.

—A veces me hace falta su mamá.

—Sí, papá. Hace falta.

—Ella me estaría cuidando ahora.

Se quedaron en silencio hasta que la cafetera interrumpió sus gorgoteos. Jorge sirvió los cafés. Por fin le contó a su padre del crecimiento de sus pies. Le pareció algo muy lejano, una herida cicatrizada. Don Carlos se abstuvo de comentarios hirientes. Bebieron el resto tibio de sus cafés. Luego Jorge trató de mostrarle a su padre las hormigas que caminaban por la pared, formaban una fila india con ángulo recto en el borde de un tomacorriente y se desgranaban en el mesón de la cocina.

—No se ve un carajo. ¿Dónde?

Luego, las hormiguitas solitarias que merodeaban el sifón de la ducha.

—Pues si no vi las otras, que dizque son las grandes…

«Este viejo huevón también se está quedando ciego», pensó Jorge.

* * *

Al regreso del hogar geriátrico, aspiradora en mano, hizo una verdadera razia. Corrió los muebles, levantó el colchón, movió la cama. Rebuscó grietas en la pared, desocupó los clósets. Cuando sacó la bolsa de la aspiradora, tenía la impresión de que dentro crepitaban cientos de hormigas. Afuera fumigó el shut, revisó el corredor y miró con detenimiento las puertas del 1201 y el 1202 para ver si de ahí venían hormigas. Después del corredor fumigó exhaustivamente en todos los rincones de su apartamento. Le ardieron los ojos, se sintió asfixiado y mareado. Tuvo que abrir las ventanas. Terminó vomitando la sopa y la ensalada de Crepes en el inodoro. Cuando se miró al espejo estaba verde. Sudaba. Se sentó en el piso, recostado en el inodoro abierto donde todavía flotaba su vómito. Sonó el teléfono fijo. Aún sin recuperar el resuello, fue por él, se dejó caer en la alfombra y contestó.

—¿Jorgito?

Era la inconfundible voz de su tía Yolanda, hermana de su madre, la única que quedaba viva. Llamaba más o menos cada mes a saludarlo. Jorge la escuchaba y respondía mirando hacia el techo iluminado por la lámpara del nochero, una medialuna de dos tonos se proyectaba encima de la cama y parte de la pared, en el borde entre la pantalla y el bombillo de cien vatios. A Jorge le pareció que algunas hormigas entraban y salían de esa frontera lumínica. La tía Yolanda le preguntó cómo iba, cómo seguía su papá, le preguntó si estaba ennoviado; ante la negativa de Jorge, la tía Yolanda le dijo que no se quedara solo, que todavía estaba joven y podía buscarse una buena mujer, una que sí lo quisiera, «eso es lo que habría hecho feliz a Carmencita».

—Sí, tía.

—Bueno, mijito, ya lo saludé…

—Tía, yo hace rato quería preguntarle una cosa.

—Diga, mijo.

—¿Usted cree que mi mamá fue feliz?

—Uhmmm… Cuando era niña… cuando niña sí fue muy feliz.

—¿Cómo así? Ella vivió sesenta y seis años. ¿El resto del tiempo sufrió?

—Pues no todo el tiempo, no… pero yo creo… que no era feliz. Usted sabe cómo es Carlos, cómo fue Carlos con ella. Y pues…, se conocieron cuando ella tenía trece años. Toda una vida.

Jorge se quedó en silencio. Recordó su imagen en el espejo luego de vomitar. Le pareció que su rostro era del mismo color que el de su madre en los últimos días, cuando él tenía que ayudarla para ir al baño, sostenerla mientras ella hacía sus necesidades avergonzada frente a él, siempre pidiendo perdón por incomodar.

—Pero usted le dio muchas alegrías, Jorgito.

—¿Sí?

—Todos esos triunfos en el colegio, los diplomas, las izadas de bandera, las medallas. Ella vivía muy orgullosa. Siempre que había reunión de padres de familia iba allá como un pavo real. Toda la gente la felicitaba. Y esas alegrías se las daba usted, Jorgito.

—Trabajo en un call center, tía.

—¿Qué dice?

—No, nada. Saludes a José Manuel y a Fercho. Chaíto.

—Bueno, salúdeme a su papá. Chao, mijo, cuídese.

Se quedó un rato tirado en la cama mirando el techo bicolor. Luego puso el teléfono en la base, fue a desocupar el inodoro y apagar la luz del baño. Esta vez procuró no mirarse en el espejo.

* * *

El martes, antes de partir para InfoPlus, fumigó por tercer día consecutivo hasta que el quinto tarro de Raid perdió todo el peso y apenas exhalaba un vaho seco. El miércoles, mientras se bañaba, se miró el hombro y vio una hormiga que luchaba para no caer. La puso bajo el chorro, la hormiga resbaló hasta el piso y desapareció en el sifón.

El jueves le correspondió el servicio de atención domiciliaria. Ribera estaba sosteniendo una conversación con su nueva novia.

—Eche, ¿tú crees que estoy pintado en la paré?... Mira, cuando tú todavía cagabas amarillo yo ya estaba haciendo mis vainas, ¡entonces ni pa'l putas me vas a meter ese paquito! —se quedó muy serio oyéndola, para luego rematar con—: Cuando quieras decirme la verdá, aquí estoy pa' oírla.

Jorge había contestado una llamada de un señor llamado Germán Moreno, en Maranta, con un dolor muy fuerte en el pecho, asustado porque estaba solo en casa y, si le daba un infarto, no había quién les abriera a los paramédicos. Tartamudeaba, respiraba ruidosamente.

Jorge trató de calmarlo, le pidió su nombre completo, número de documento, empezó a digitar los números cuando lo interrumpió una piquiña insoportable dentro del oído, en una zona aledaña al cerebro, ese lugar recóndito adonde, con esfuerzo, apenas llega el meñique. Era una sensación urgente, punzante, que no lo dejaba pensar. Tuvo que decir «permítame un momentico», se quitó el auricular, lo puso en el escritorio y, sin bloquear el audio, hundió el meñique hasta lo más hondo que pudo. Luego de rastrillar con la uña, pescó tres bolitas negras con pelitos que se movían y que se revelaron como una hormiga. Maldita, ¿no había podido encontrar mejor cueva? La catapultó como si fuera una canica y fue un punto negro que se perdió en el fondo ocre de la alfombra. Pero aún sentía la misma rasquiña en las proximidades del tímpano. Se hurgó con mayor fuerza y pescó otra hormiga que, maltrecha, cayó de su dedo y se fue caminando por el teclado. Jorge se quedó mirándola mientras tanteaba con sus antenitas la eñe y luego, cojitranca, avanzaba cerca de la ele y se perdía del todo. Por fin la rasquiña había desaparecido. Jorge se quedó quieto, aliviado en una especie de ataraxia.

—Esa pelá piensa que yo soy una pobre chácara. Déjame decirte una cosa, Yorch: cada vez que el celular de tu mujer se apaga o se queda sin señal más de cuatro horas es porque te están poniendo cachos.

—En media horita se los ponen —respondió Jorge, mientras levantaba su teclado y lo ponía bocabajo. Lo sacudía. La hormiga debía de estar dentro.

—Erdaaa, me las consigo todas putas.

Sonidos levísimos y agudos que se elevaban del auricular junto al teclado llamaron su atención. Había olvidado la llamada. Se puso de nuevo la diadema.

—¿Alóóóó? ¿Me van a dejar moriiiiiiir? ¿Aló-óóóóóóóóóó? ¿Alóóóó?

Tuvo que emplearse a fondo para tranquilizar a don Germán, que estaba muy alterado. Luego, cuando le dijo que debía ponerlo en espera un momento para llamar a la ambulancia, volvió a gritar. Ribera había contestado su teléfono, estaba hablando. Jorge lo interrumpió, le preguntó si podía llamar a la ambulancia mientras él permanecía en la línea con el paciente. Ribera indicó con señas que no podía cortar. Jorge no tuvo más remedio que decirle al señor que esperara, que en un momento estaba con él.

—No, no, ¡no se demoreee!

Se comunicó con la ambulancia. Les dio los síntomas, dirección, el nombre del señor y les pidió llegar rápido. Cuando regresó don Germán no hablaba, estaba emitiendo una especie de gorjeos roncos. Llegó la ambulancia en nueve minutos, el señor había tenido la precaución de dejar abierta la puerta del apartamento. Lo encontraron inconsciente. Ribera salió de su llamada y se sumó a la emergencia reservando la sala de cuidados intensivos, mientras Jorge llenaba las autorizaciones y localizaba a un cardiólogo.

Salió a las seis de la mañana abatido, sintiéndose culpable, pero por momentos recordando que no podía soportar la piquiña producida por las hormigas. Debía sacárselas antes de cumplir con la llamada. La distracción que vino después era lo que más lo preocupaba: puso en riesgo la vida del paciente, que ahora estaba en cuidados intensivos con pronóstico reservado.

* * *

Aún no eran las once de la mañana y Jorge ya estaba despierto. Llamó a preguntar por Germán Moreno en la Fundación Cardioinfantil, adonde fue remitido. Seguía en la UCI, estable; ya había despertado pero estaba somnoliento. Sintiéndose mejor, Jorge se puso a ver televisión. Después de un vagabundeo por las televentas, los docudramas de crimen, los deportes, los noticieros y las repeticiones de series, llegó al Sci-Fi Jukebox y se enganchó en *Big cows*, una película que parecía reciente, norteamericana, ambientada en un futuro donde había criaderos de vacas gigantes que se usaban para sacar toneladas de carne. Los hombres no rebasaban el alto de una pezuña, y las reses estaban en granjas con toda la seguridad y tecnología para alimentarlas y criarlas, pero algo salía mal y una docena de vacas tamaño Godzilla marchaban en estampida hacia la ciudad. Jorge no tardó en caer presa del aburrimiento. Cambió a los noticieros del mediodía y saltó de uno a otro sin convicción. Se dio una ducha larga y caliente. Se afeitó, se vistió y se preparó una pechuga de pollo con arroz que masticó sentado en el mesón de la cocina, con la vista en la ciudad que se extendía en su ventana. Se sorprendió al ver una hormiguita caminando sobre el tenedor. La tomó entre los dedos y la aplastó, luego se limpió las yemas en el pantalón, terminó de comer y, contrariado, recorrió el apartamento en busca de más hormigas.

* * *

En InfoPlus se sentía la ansiedad de los que terminaban el trabajo semanal. Los ascensores llenos, las mujeres maquilladas y vestidas para irse de fiesta, los hombres en plan de conquista, mientras Jorge se aprestaba para esa jornada que tenía algo de tristeza. Los viernes no podía evitar una punzada de envidia hacia los operarios diurnos. En la vaporosa canícula de las terminales telefónicas, Ribera estaba serio, sombrío, pues había terminado con su novia. «Esa pelá es una coya, viejo Yorch, yo ahí me apunté mal», le dijo con amargura, y luego: «Qué, marica, ¿y esa vaina de anoche?». Jorge le dijo que estaba preocupado por el paciente. Ribera se levantó y le dijo a Vicente, el de Seguros Ameris:

—Ey, Yimisalcedo, ¿ustedes allá tienen pólizas por si en una emergencia el Yorch contesta el teléfono?

Jorge se sentó, se logueó y, procurando tener la columna recta, revisó la bitácora y empezó un turno más bien plano para ser viernes, el día de más accidentes, riñas y atracos. Autorizó una tomografía para una contusión cerebral, tramitó un traslado a cuidados intensivos para una paciente séptica, tuvo que consultar cláusulas y pólizas para permitir la administración de un antibiótico de amplio espectro, negó una resonancia magnética para un paciente con dolor en un testículo, pues lo correcto era primero hacer una ecografía… Así se le fue pasando el tiempo hasta la una y catorce de la mañana, cuando decidió tomarse un descanso.

Atravesó la retícula de asientos, escritorios y teléfonos, llegó hasta la parte donde trabajaba Cecilia y la vio. Estaba concentrada, respondiendo algo y tecleando. Levantó la vista, lo descubrió, sonrió, lo saludó con la mano. Jorge correspondió a la sonrisa. Se quedó mirándola. Ella bloqueó el teléfono, se quitó los auriculares. «Ahorita, como en veinte minutos, nos vemos allá. ¿Puedes?». Ahora su pelo tenía visos rojos, estaba bonita, arreglada como para un viernes libre. Jorge le dijo «Okey» y fue al área de descanso. Sentía, en algún lugar recóndito suyo, un derrumbe feliz.

Fue a su casillero, luchó con la puerta, buscó su manzana y un pastel de pollo que había comprado en Sazón & Pique, un local de comidas rápidas qué estaba al frente. Mientras pasaban los minutos, fue a la cocina, abrió el cajón, rebuscó entre los mezcladores de tinto y los vasos plásticos pero no encontró nada con qué partir el pastel. Encendió el televisor y cambió los canales con la mano mientras mordía su manzana. Se quedó en un talk show de esos en que los miembros del público tienen oportunidad de dar cátedra moral a los participantes. Una señora robusta, con rasgos perrunos y vestido alegre, le decía a una joven con cara ingenua, pelo negro muy liso y buen cuerpo «Yo fuera tu mamá, te sacaría del pelo ahorita mismo. ¿Qué haces tú metida con ese hombre que no te respeta?, él nunca te va a tomar en serio, muchachita». La gente aplaudía. Jorge siguió de largo por las series de Sony, llegó a los deportes, se quedó un rato viendo a un argentino canoso, con cara afilada, que decía enfáticamente «No puedo creer que todavía estemos discutiendo lo de Román», siguió por una carrera de motos y un partido de tenis que ganaba Tsonga, luego se quedó mirando goles de Europa. Cecilia llegó con una amiga de pelo rubio, bonita, de leve gordura bien distribuida. Se saludaron de beso en la mejilla.

—Hola, Jorge. Hace rato.

—Uf, sí. Hace rato.

—Mira, ella es mi amiga Maritza, la que cubro a veces.

—Mucho gusto —se dieron la mano.

—Hoy estoy reemplazando a Saúl —explicó Cecilia sin necesidad.

—Vamos a comprar unos paquetes a la máquina —dijo Maritza.

—Vengan, compartamos este pastel. ¿Quieren gaseosa, café? Yo invito —dijo Jorge.

Fue a las máquinas, metió un billete en una y monedas en la otra, compró tintos para él y Maritza, y una Pony para Cecilia. Entre bromas, Cecilia utilizó una lima de uñas para partir el pastel. Charlaron del clima cambiante y extremo de InfoPlus y del cansancio, y por esa ruta concluyeron que cambiarían algunos sofás por hamacas. «Maritza está cumpliendo años», anunció Cecilia. «Ah, felicitaciones», le dijo Jorge.

—Vamos a estar mañana en Karaoke Bar, ahí enfrente de Plaza de las Américas. ¿Lo conoces?

—Sí, ven —dijo sonriendo Maritza.

—No lo conozco, pero puedo llegar.

—Por ahí a las nueve.

—Yo creo que nueve y media... diez —corrigió Cecilia.

—Listo.

Continuaron comiendo sus pedazos de pastel, Jorge callado y ellas hablando de bares y discotecas. Jorge se declaró ajeno a toda fiesta, dijo ser «un tipo calmado», pero evitando parecer hostil al plan del día siguiente. Ellas debían regresar. «¿Tienes guasap?», preguntó Cecilia. «No», respondió Jorge. «¿Tienes plan de datos?». «No, no tengo». Se burlaron de él. Maritza le dijo que pese a tener un celular tan moderno vivía en la era medieval, Cecilia y él cambiaron números de celular. Se despidieron con besos y abrazos. Caminó por ahí sin darse cuenta de la sonrisa que gobernaba su rostro.

* * *

Por la mañana se embutió en un transmilenio tibio, de vidrios empañados, cuyas latas estaban a punto de ceder al apiñamiento y reventarse. En la estación de la 39, las nubes negras dejaban caer un chubasco de hielo. Jorge caminó calle arriba, cerrando con una mano las solapas de su chaqueta. Llegó aterido a quitarse la ropa, se puso una sudadera y un buzo, se comió un cereal con leche y se echó a dormir.

Se levantó a la una y treinta y ocho de la tarde, en completa oscuridad. Subió los blackouts y retrocedió encandilado ante el solazo que caía a plomo sobre la planicie de ladrillo y hormigón. Bogotá estaba teniendo uno de sus espasmos tropicales. Caminó hacia el baño, orinó sentado mientras bostezaba y rumiaba unas babas espesas y amargas. Tenía una fosa nasal tapada. Se frotó los ojos, bostezó de nuevo y se desperezó, caminó más despierto hasta el espejo y se vio la cara blanda de párpados hinchados. Se tapó una fosa nasal con el dedo, tomó aire y lo expulsó con fuerza por la otra fosa. Un moco marrón salió disparado y cayó en el lavamanos. Luego se desdobló y empezó a caracolear sobre la porcelana blanca. Jorge acercó la cara hasta elucidar las formas de una hormiga más grande, quizá más veloz que las otras. La hormiga se acercó al anillo del sifón y empezó a tantearlo con sus antenitas. Jorge iba a abrir la llave, pero decidió perdonarle la vida. Salió al cuarto y estuvo un momento ahí antes de reprocharse esa piedad. Regresó al lavamanos pero ya no pudo verla. ¿Se habría metido al sifón? De todas maneras, dejó correr el agua caliente.

Encontró hormigas en la pared y la cama. Se sintió impotente, angustiado, y pensó en que debería cambiarse de casa. En el pasillo estaba el vecino del 1201. Jorge no se sabía su nombre. Le preguntó si sufría de la misma plaga, pero antes de que recibiera una respuesta esbozó su tesis de que venían a través de las tuberías o caminando por el cableado eléctrico. El vecino era un tipo alto, de unos treinta años, pálido, de ojos celestes saltones y barba. Jorge siempre solía encontrarlo en compañía de mujeres distintas. El vecino se quedó mirándolo con el ceño fruncido y le dijo «¿Hormigas? No he visto la primera». Llegó el ascensor, entraron. En el trayecto de bajada, Jorge le aconsejó mirar debajo de la nevera y los sifones de los baños, para cerciorarse. Ambos salieron en el primer piso. Saludaron a Rafael, el portero de bigote como un gusano y cara de dispepsia bien llevada. Al vecino lo esperaba una muchacha de belleza ensimismada, una belleza como de imaginarla descalza sobre la hierba. Jorge salió tras ellos. Por un instante quiso comerse una hamburguesa de El Corral. Se quedó mirando hacia los árboles ladeados de la treinta y nueve, la estación de policía, el blanquísimo edificio UGI bajo el sol y pensó en ir a San Marcos, pero trataba de resistirse a lo habitual. Nudols, el restaurante oriental que estaba junto a la portería, era su última opción. Los platos eran grasosos y cocinados sin amor, aunque a veces Jorge lo olvidaba, volvía a antojarse y a comer allí, para luego arrepentirse de haber reincidido. Sin embargo, ese no sería uno de aquellos días. El edificio tenía una especie de zaguán trasero en el costado suroriental, en cuyo fondo había oficinas: consultorio jurídico, asociación de contadores javerianos, y así. Ese zaguán tenía además tres locales comerciales, entre los que estaba el restaurante y pescadería Sabor del Pacífico. Se encontraba completamente vacío y sonaba música salsa. En la cocina, que se podía entrever por la ventana y por el umbral sin puerta que la dividía del mesón, se reían la mesera y la cocinera. Parecían hermanas, muy negras, muy tranquilas. Vino la mesera con una sonrisa que era rezago de la carcajada. Lo atendió amable, pero como burlándose de él. Jorge pidió una cazuela de mariscos. La mesera le dijo «Para que ahora por la tarde esté bien potente» y se fue a reír a la cocina con su hermana. Jorge pensó en Cecilia. Decidió que la llamaría para invitarla a tomar un café antes de ir al bar.

Pagó con gusto los trece mil de la cazuela y los cuatro mil de dos jugos. Caminó hasta la vera del andén y miró hacia el norte, a las busetas viejas verdes y rojas, las nuevas azules y amarillas, las motos. Pensó que debería solicitar citas de control para su papá. La aseguradora que le prestaba servicio médico estaba en la cincuenta y uno con trece. Caminó en línea recta por entre las cafeterías, restaurantes, pollerías, una iglesia, cafés internet, hornos y vitrinas con almojábanas y pandebonos. En la oficina había un guardia, una ventanilla para pagos con fila de personas y tres cubículos de atención al cliente. Dos estaban vacíos, el otro lo atendía una señora con el pelo de Maradona en 1986. Jorge fue hasta el dispensador y tomó su turno, salió a la calle, sacó el celular, buscó el número de Cecilia. Se quedó sin marcar, mirando la pantalla hasta que se oscureció. La segunda vez marcó y fue la vencida. Entre tartamudeos y gagueos logró concertar una cita con ella a las ocho de la noche en Plaza de las Américas, en la puerta que está frente a Mundo Aventura, bajo la noria. Regresó a la oficina y miró su turno. Con suerte saldría a las cuatro de la tarde, aunque eso ya no tenía la menor importancia.

* * *

Volvió a su casa bajo una llovizna que parecía ascender del pavimento. Aún no anochecía, pero el cielo tenía vetas casi negras. Pensó en visitar a su padre, pero ante la posibilidad de salir amargado a la cita con Cecilia fue a su casa, prendió el televisor, hizo zapping hasta parar en *Tortugas Ninja vs. Voldemort*, que estaba empezada. Después del momento en que Donatello y Hagrid se enfrentan a las arañas gigantes empezó a perder interés. Se lanzó a una nueva ronda de zapping y retazos de películas en las que no podía concentrarse. Por fin, a las siete en punto se levantó de la cama, se cepilló los dientes, se acomodó los escasos pelos frente al espejo, se puso una chaqueta y se dirigió al encuentro.

Afuera la llovizna se había engrosado. Cruzó la trece hasta la esquina del Banco BBVA y siguió hacia el occidente. Al pasar por las Comidas Rápidas FG empezó a seguirlo la mendiga flaca y medio loca, a decirle «Monito, regáleme algo, mire que uno se muere y nada se lleva…, pero si me pudiera llevar a alguien me lo llevaba a usté», y soltó una risa de pocos dientes. En la estación de Transmilenio paró un F1 mientras Jorge apenas estaba haciendo fila para atravesar el torniquete. El siguiente llegó a los diez minutos. Se puso la billetera y el celular en los bolsillos interiores de la chaqueta, pasó entre la gente hasta encontrar un espacio en el segmento trasero. Se colgó del pasamanos, de cara a los cerros. Atrás quedaron el Templo del Indio Amazónico y los demás locales de pitonisas y adivinos, luego la invariable avenida Caracas hasta que pasaron frente a la torre de Colpatria, lejana y grande, con sus evoluciones lumínicas. Una voz robótica anunció las próximas paradas: Calle 22 y Calle 19. En esta última se desocuparon algunas sillas. Jorge pudo sentarse en la ventana, junto a una jovencita de encías muy grandes y mirada abúlica. Entró un vendedor que empezó a repartir paquetes de Snacky por mil pesos. «Próximas paradas, Avenida Jiménez y Estación de la Sabana». Jorge se quedó mirando el paquete de Snacky en su mano, leyó que los pasabocas eran «Expandidos de maíz». El vendedor, mientras repetía «amilamilamil, amilamilamil, amilamilamil», fue recogiendo el dinero de quienes compraban y los paquetes de los que no. Jorge devolvió el suyo. En la banca de atrás había dos estudiantes con lapiceros colgados en el cuello de la camisa. Uno le contaba al otro su primer juego de bolos: «Yo nunca había agarrado una bola de esas, son pesadísimas». En la Jiménez se subió y bajó mucha gente, el bus dobló por la avenida Centenario. Jorge se quedó mirando hacia las calles mojadas, mientras los estudiantes de atrás continuaban hablando sobre los bolos: que costaba diez lucas la línea, que alquilaban los zapatos, que Natalia se cayó y se golpeó un codo… Fue ahí cuando en la calle opuesta, en sentido contrario, vio venir un camión rojo con el mismo logo de Fljar que aparecía en la película del ingeniero de alimentos, la de las hamburguesas que no requerían congelación, la del perro zombi, la del doblaje mediocre que había visto al lado de Cecilia. Tenía las letras amarillas sobre el fondo verde, con la misma tipografía. ¿Existía una fábrica así en Colombia? Jorge codeó a la jovencita de encías grandes y mirada abúlica que estaba a su lado, le preguntó si veía el camión. Ella, sorprendida, no entendió la pregunta, se quedó mirándolo con recelo, preguntándole «¿Qué dice?», mientras el letrero de Fljar se perdía en medio del tráfico.

* * *

La muchacha que iba a su lado decidió levantarse del puesto. A su lado se sentó una señora de cachetes muy rojos con un bebé envuelto en cobijas. El bus hizo nueve paradas hasta la estación Mundo Aventura, donde Jorge subió por una rampa hasta el puente que atraviesa la avenida de las Américas, cruzó hacia el sur y bajó las escaleras hasta llegar a los bicitaxis estacionados. El bicitaxista tenía unos sesenta años y estaba hecho como de greda muy cocida y dura. Jorge se montó en la silla trasera, que estaba tapada por una especie de carpa negra con ventanillas transparentes de plástico. El armazón de hierros traqueaba con el pedaleo por las calles irregulares de un barrio a medias comercial y residencial. Al cabo de unas seis cuadras salieron a una avenida que tenía un carril para bicitaxis. La lluvia sobre las ventanas plásticas difuminaba las luces de los postes, los letreros comerciales y las farolas de los carros, todo se borroneaba en manchones de luz y haces de colores. Lo fue ganando la claustrofobia. El fárrago sonoro de los bares y discotecas se colaba entre el crujir metálico. Por la ventana plástica de enfrente se veía la espalda del bicitaxista oscilando sobre los pedales, y al fondo la mole blanca de Plaza de las Américas empezó a cobrar forma. Doblaron a la izquierda, bordeando el parque Mundo Aventura, cuyas luces ya estaban apagadas. Cuando se detuvieron, Jorge estaba mareado y acezante. Sudaba. Salió al frío lluvioso, pagó los dos mil quinientos del viaje y cruzó la calle hasta la entrada del centro comercial, que tenía forma de arco, unos ventanales cafés y un letrero anticuado, verde con rojo, demasiado pequeño para el tamaño de la edificación. Había una puerta a cada lado; la derecha estaba bajo las góndolas rojas de una noria detenida. Ahí estaba Cecilia, toda de negro, sonriendo.

* * *

Se saludaron de beso en la mejilla y un abrazo. Después de los hola y cómo estás, Jorge le dijo que estaba muy bonita. Ella sonrió e hizo una venia.

—Oye, no le tengo nada de cumpleaños a Maritza. ¿Me acompañas le compro un detallito?

—Claro, vamos —respondió Cecilia.

Del techo pendía un letrero negro con letras blancas que identificaba esa zona como «Plaza del Artista», donde había un carrusel amarillo con seis caballitos. Tras los animales y carros plásticos que se mecen por una moneda había puestos ya cerrados de dulces y bebidas, y otros con vitrinas donde alcanzaban a verse chucherías chinas, gomitas de todos los sabores, artesanías.

—Oye, ¿te acuerdas la película de zombis? Acabo de ver un camión de esa fábrica.

—¿Dónde?, ¿en la calle?

—Sí, uno de esos, rojos con letrero amarillo y verde. Que decían Flarj o algo así.

Caminaban por un pasillo amplio, lleno de almacenes, que se abría a un segundo piso con techo transparente en forma de arco, donde se veía una segunda planta. A ambos lados del pasillo, separadas, estaban las escaleras eléctricas. Cecilia le dijo «¿Estás seguro?». Jorge le respondió que sí, y alzó los brazos reconociendo que era absurdo. Encontraron un sitio lleno de peluches, forros de celular, tarjetas y chucherías. Jorge compró una cartuchera para guardar cosméticos.

—Tengo hambre —dijo.

—Yo también, ¿vamos acá arriba?

La segunda planta, a la izquierda, tenía un miniparque de diversiones con celdas de rodadero y piscina de pelotas, juegos de puntería, de cazar billetes, sacar muñequitos de felpa, videojuegos con timón de carro y una moto falsa frente a una pantalla. La plazoleta de comidas, una pequeña explanada con sillas de plástico y mesas de fórmica, estaba llena. Pasaron por los negocios de siempre, Super Calentaos, Don Jediondo, Presto…, también un par de rarezas solitarias, de comida italiana y árabe sin sucursal, y entraron a un bar-restaurante llamado MiAndy. Era umbroso y tenía casi todo rojo. Al fondo había una mesa desocupada. La mesera les entregó dos menús y se fue. Cecilia abrió el suyo y, mientras lo miraba, dijo «Me parece raro lo del camión… Aunque fíjate que están esos dulces que hace Willy Wonka».

—¿Willy qué?

—¿No te viste Charlie y la fábrica de chocolates?

—No… Pues un pedacito en tele, pero no le paré bolas.

—Tienen el logo de esa fábrica. Hay Nerds y otros que no me acuerdo. Dice Wonka con las mismas letras de la película, y esos antes no existían.

Como arena que cae hasta formar un montículo, así se formó la imagen de unas cajitas moradas, rosadas, azules, el letrero blanco.

—Ah, ya me acordé de los Nerds, ¿son como unas pepas que vienen en caja de cartón?

—Esos, sí. Más o menos.

—Pero no me acuerdo de la marca. De todas maneras, supongo que en esa película era una fábrica buena, que hacía dulces chéveres.

—Claro. Nadie querría comerse esas hamburguesas hediondas, además.

Callaron durante un momento, sonriendo como tontos. Después Cecilia dijo «Esa canción me gusta: la autorradio canta, de Bosé». La mesera regresó y, con una sonrisa burocrática, preguntó «¿Qué quieren ordenar?». Cecilia le dijo que no habían mirado. La mesera, sin perder el temple, recitó «hamburguesa, perro, pizza, salchipapa...» con los ojos en blanco. «Salchipapa», interrumpió Cecilia, «pidamos una para los dos, ¿o tú tienes más hambre?». Jorge dijo que había tenido un almuerzo vastísimo y ambos pidieron cervezas.

—¿Muy largo el viaje desde allá? —preguntó Cecilia.

—Pues sí, pero sentí más largo el del bicitaxi —dijo Jorge.

Se quedaron oyendo el coro de la canción y sé que los hay, y sé cuántos hay, y sé que los hay, sé cuantos hay..., luego Cecilia dijo «Es que tú vienes de ese lado que es todo gomelo». El tono era suave, cómplice. Jorge le preguntó dónde vivía y ella contó que en Sans Façon. Vivía con sus papás, tenía una hija de cinco años. El papá de la niña y ella no tenían nada ya, pero él respondía con plata.

—Y tú, ¿con quién vives?

—Yo, solo.

Llegó la mesera con las cervezas y las salchipapas. Jorge dijo que iban a quedar con hambre y Cecilia estuvo de acuerdo. Pidieron una mazorca desgranada y un perro caliente para compartir. Cuando la mesera se fue, brindaron.

—¿Pero nunca has vivido con alguien?

—Sí, conviví como año y medio.

—¿Y tienes hijos?

—No.

Bebieron. Empezó una canción de rock cuyo estribillo hablaba de paisajes marítimos y cristales amarillos; Cecilia se entusiasmó, cantó, le preguntó si le gustaba. Jorge le dijo que a lo mejor la había oído alguna vez, se le hacía conocida pero no la recordaba. Le preguntó entonces qué música escuchaba y le dijo que a ella le había gustado mucho el último de Zoé. Jorge dijo que él era poco musical. Cecilia le preguntó si hablaba en serio, con una risita de duda y sorpresa. Jorge dijo que sí y ella le dijo «No jodás, eso sí me parece gravísimo». Jorge se quedó mudo y ella rompió a reír, le dijo «Ehhhh, pues no tanto, pero sí, me parece muy extraña una persona que no escuche música. Yo la necesito para vivir».

Llegó la mesera con la mazorca desgranada y el perro caliente.

—Dale, prueba la mazorca que está deli. ¿Por qué te separaste? Soy muy metida; si no quieres contarme, fresco.

—No hay problema: ella se fue con otro —dijo Jorge, y descubrió con sorpresa que en su tono de voz se transparentaba algo de rabia.

Comentaron que la comida estaba buena pero las salchipapas un poquito grasosas. Jorge se quedó mirando a Cecilia y pensó que su nariz no le encajaba del todo en la cara, pero que era bonita. Bebieron, Cecilia coreó una canción tropical con corazón aprisionado, sabrosura del caderamen y volteretas en el alma. Jorge tampoco la había oído. «¿Nos tomamos otras dos?», preguntó. Cecilia estuvo de acuerdo. Le hicieron señas desde lejos a la mesera.

—¿Y fue que ella un día te dijo «Me voy con este man»?

—Ella también es enfermera, y cuando a mí me salió este trabajo procuramos que coincidieran nuestros turnos para pasar tiempo juntos; pero empezó a hacer turnos y reemplazos de día. Yo llegaba a la casa y ella ya se estaba yendo. Ella volvía y yo ya me había ido a trabajar.

La mesera regresó con las cervezas. Preguntó si querían algo más. Ante la negativa sonrió sin ganas y se fue. Brindaron, terminaron los restos de mazorca y perro caliente.

—No se veían casi.

—Exactamente, apenas los fines de semana, y empezamos a tener problemas por eso. A mí me daba rabia porque ella podía escoger los turnos de noche y no lo hacía. Una mañana de sábado peleamos porque ella tenía un reemplazo. Se fue llorando. Me quedé en la casa sintiéndome mal. Terminé comprándole una ensalada de frutas y llevándosela a la clínica donde trabajaba para decirle que hiciéramos las paces… No estaba ahí. No tenía turno.

—Auch. ¿Y qué hiciste?

—La llamé al celular y no contestaba. Llamó como a las tres de la tarde. Dijo que, como ya era evidente, estaba con alguien más; sentía mucho que me hubiera enterado así, pero ya no había forma de devolver el tiempo. Le pregunté desde hacía cuánto y me respondió que cuatro meses; luego me dijo que quería ir a sacar sus cosas del apartamento, pero le daba miedo de que me pusiera violento.

—¿Y te ponías violento?

—No, ¡claro que no! No sé por qué salió con eso. Me pidió que estuviera fuera de la casa para cuando ella fuera por su trasteo.

—¿Y lo hiciste?

—Sí… Me dejó una carta encima de la mesa diciéndome que lo sentía y que esperaba que algún día pudiera perdonarla. Me deseó que encontrara a alguien que *de verdad* me quisiera. Unos días después me sacó del Facebook.

Se había abierto un silencio grave que llenaron bebiendo. A Cecilia le sonó el celular.

—¿Qué hora es? —le preguntó, mientras miraba la pantalla; sonreía antes de contestar—. ¡Hola, cumpleañera!

Jorge se quedó mirándola mientras hablaba con Maritza. Le gustaba, tenía una especie de dulzura en los movimientos que los objetos tocados por ella parecían agradecer.

—Bueno, en un ratico vamos. Chao, besito.

Le anunció que ya los otros estaban en el bar, que fueran pero que se tomaran el resto de la cerveza con calma, pues la charla estaba chévere.

—¿En qué estábamos? Ah, sí: en que mi ex después me sacó del Facebook. Desde ahí como que ya se me dañó el computador y no me metí más. Por ahí lo miro cada mil años. No actualizo nada.

—¿Y la volviste a ver?

—Hace como cinco meses larguitos me la encontré. No la veía desde esa vez.

—¿Y te dio duro?

—Pues sí, pero no por ella sino porque estaba teniendo un mal día, ¡y preciso es cuando me la encuentro!... Pero uf, no hablemos más de eso.

—Perdón, soy rechismosa.

—¿Tú tienes novio?

—En este momento no. Ven, tomémonos una selfi. Pásate para acá, Jorge. Toma, sácala tú que tienes el brazo más largo.

Le entregó el celular. Se acercó. Olía a frutas sobre tierra húmeda, a crin de caballo y anís. Jorge hundió el botón en la pantalla.

—Ven, dámelo. Pero sonríe, oye, que saliste con cara de loco. Mira.

—Hice cara como de James Bond.

Se tomaron otra que quedó mejor. Ella le recomendó que consiguiera un plan de datos, se metiera a WhatsApp, a Twitter. Que abriera Instagram, que practicara las selfis.

—Tengo Facebook.

—Eso es del siglo pasado, además acabas de decir que no actualizas nada. Vayamos pidiendo la cuenta.

Caminaron por el centro comercial, que estaba todo apagado excepto los cinemas. Salieron por la puerta norte. Había dejado de llover, las calles estaban brillantes. Vieron en el andén opuesto la profusión de bares y negocios de comida rápida, la boca de Cuadra Picha, flanqueada por inmensos rumbeaderos que ocupaban todo el segundo piso de cuadras enteras. El manglar sonoro que resultaba de tantas músicas tenía cierto color gris.

—Es por acá, como en la otra esquina —señaló Cecilia vagamente hacia la derecha.

Cruzaron la calle y caminaron entre el río efervescente de cuerpos, la humarada de frituras, exhalaciones y sudor que pendía sobre la turbamulta en movimiento, siga, musiquita crosóver, cerveza mil quinientos, entre sin compromiso, tenemos chou de estraiper, le ofrezco un coctel de bienvenida, salsita de la clásica, de la nueva, el rastastás acá en guaguancó, perrito caliente, hamburguesa, maíz desgranado, venga, caballero, dama, sin compromiso, conozca Sunset videobar, tengo lo que necesite, ¿oyó? Los letreros en las fachadas, con todo tipo de fuentes tipográficas y colores, se amontonaban de igual forma que la música: Jam Beer, Red Hot, Pinchos & Compañía, Canterbury Café-Bar, Tacomix, hasta que Cecilia se detuvo y le señaló uno rojo que decía en mayúsculas KARAOKE BAR.

—Aquí es.

—Yo no me sé canciones, además tengo una voz horrible.

—Nadie canta bien. Nadie viene a ganarse un concurso, y si no quieres no cantas —le dijo Cecilia.

Pagaron la entrada. Un bouncer revisó la cartera de Cecilia y lo requisó a él. Les dieron un par de fichas para reclamar cervezas. La puerta se abrió y dejó caer una cascada de decibeles sobre ellos. Sonaba una especie de tecno tropical cantado por raperos. Yo, yo, mi jeva quiere vacilal, mi jeva quiere que le prendan el motol. Subieron por unas escaleras estrechas, de peldaños altos y cortos, ella primero. Mi jeva me quiere matal, ella me hace peldé el control. Jorge miraba hacia arriba, a las nalgas delineadas en el bluyín, y la imaginó desnuda. Polque tú no sabe cómo manejal su flow. Llegaron a un sitio enchapado en madera, como una gran sauna. El techo era quizá demasiado bajo, y en él había esferas móviles de luces rojas, azules y verdes. Había puntitos láser oscilando en el piso, las paredes y las personas. Yo, yo, polque cuando ella está en la pista todo la miran, polque cuando está en la pista se folma el yam. No se veía a nadie con intención de cantar ni en disposición de karaoke. En los televisores, videos musicales que no correspondían a la música. Cecilia avanzó entre las mesas y se quedó mirando alrededor con lenta atención. Mi jeva quiere vacilón, quiere bailal, quiere gozal toa la noche. Regresó sonriente hasta Jorge. La música estaba demasiado alta para que pudiera oír lo que ella le dijo. Cuando Jorge le preguntó qué había dicho y ella repitió «No los veo», sus bocas quedaron muy cerca. Polque está bien bueeeena mi jeva, cuando va pol la calle todo la miran, todo la desean. Luego Cecilia se alejó, miró de nuevo y, señalando hacia una de las esquinas, le indicó que allá estaba Maritza. Mientras iban hacia la mesa, Jorge sintió que la temperatura de su cuerpo subía hasta que la chaqueta se le hizo insoportable. Nena, ponle ají, ponle maní, ponle ajonjolííí. La mesa tenía unas diez personas, de las que Jorge conocía o había visto a la mitad. Cecilia fue hasta Maritza, ambas se abrazaron en esa especie de bailecito entrañable de tres segundos que hacen algunas amigas. Jorge fue detrás, estrechando manos, sonriendo, saludando y presentándose, hasta que llegó adonde Maritza, la felicitó, le entregó el regalo. Polque la fiesta apenas comienza, vamos a seguil sin paral. En la mesa no cabía nadie, y si se quedaban de pie estarían estorbando. Cecilia le propuso que se fueran a la barra. Caminó delante de él, se detuvo, señaló a la pista que estaba al otro lado y dijo «Allá está Bibi, vamos». Eres la guapura pura, la sabrosura, mami me la pones dura. «Espera, pero pidamos las cervezas a este lado, que hay menos pelotera», dijo Jorge, acercándose mucho para que ella pudiera oírlo, y rozando su mejilla con los labios.

Ahora sonaba un merengue estrepitoso y apresurado, repleto al parecer de lugares geográficos. Ya con las botellas de Club Colombia, rodearon la barra hasta dar con Bibi, la amiga de Cecilia. Jorge la reconoció: la había visto en InfoPlus, era del 113. Con ella estaba un tipo flaco pero barrigón que tenía cara de niño. Se llamaba Mario. «Vengan, tómense una copita de aguardiente», dijo Bibi, sirviendo de una botella que tenían en la barra. Jorge no quiso negarse a pesar de que el aguardiente no le gustaba y le hacía daño. La sensación de ardor bajando hacia su estómago, sumada al sofoco que le provocaba la chaqueta, casi lo asfixia. Maniobró para quitársela, procurando no incomodar a la gente que se agolpaba en la barra. Bibi y Cecilia se embarcaron en una charla íntima, cerrada, que comprendía la actualización de las respectivas vidas. Mario, a falta de tema, llenó de nuevo las copas para Jorge y él.

—Suficiente para mí con la cerveza —dijo, mostrando la botella de Club.

—Hágale, ¡no me lo deje servido! —insistió Mario con camaradería, entregándole él mismo la copa.

Jorge no tuvo más remedio que apurar otro trago.

—Dejó la mitad, hermano, ¡así no vamos a poder!

Aún reventaba en los bafles el merengue geográfico. Mario presionó a Jorge por el aguardiente restante hasta que tuvo que tomárselo. Vente pa' Sabaletón de Higüey, donde yo soy el rey. Sintió un hormigueo en la cara y el sabor del aguardiente como una cuchillada en la garganta. Porque en Azúa la mujere son tetúa. Por un instante, el piso bajo sus pies se volvió pedregoso. Porque en Sabaneta la mujere son coqueta. La chaqueta que tenía colgada del brazo se hizo muy pesada. En Cotuí toda dicen ¡yo no fui! Le preguntó a una muchacha tras la barra dónde estaba el ropero. Yo me voy pa' Pedernales, a curá todo mis males.

—¿Te sientes bien?

—Bien, bien, ya vengo. Voy a guardar mi chaqueta.

—Lleva la mía, porfa.

En Concepción de La Vega, a toda les gusta la ver… ¡dá! Jorge atravesó a trompicones y tropezones la pista, descendió por las escaleras estrechas, que ahora parecían más empinadas, hasta un mostrador que estaba a un lado de la entrada. Porque en Dominicana está la rumba completica, señore. Sentía una ebullición en el interior de su cráneo. Sacude la cadera, mulata. Recibió la ficha y subió las escaleras como si el Karaoke Bar estuviera flotando a la deriva en un mar picado. El merengue geográfico siguió rimando provincias y costumbres femeninas mientras Jorge, ajeno a todo, atravesó la pista a empellones y siguió hacia el fondo, donde estaban los baños. El de hombres tenía dos orinales ocupados, un sanitario vacío y tres lavamanos. Sólo llegaba el retumbe de los parlantes, el canturreo asordinado del merengue. Jorge vio su cara descompuesta en el espejo, sentía un zumbido, un vibrato, una piquiña en el interior del cráneo. Luego se quedó atónito, inmóvil mientras emergían una, dos, tres hormigas grandes y negras de la fosa nasal izquierda. Una cuarta hormiga salió por la derecha. Le caminaron un poco por la mejilla antes de que las barriera a manotazos. Se echó mucha agua en la cara. Aguardó con la mirada perdida en el espejo la aparición de nuevas hormigas, pero no salieron. Uno de los tipos que estaba orinando salió sin lavarse. El otro fue al lavamanos cerrándose la cremallera del jean, se peinó, le echó una ojeada a Jorge y antes de irse le dijo «Uy, men, se le está notando full ese embale». Jorge se quedó solo. Levantó la cara, examinó el interior de su nariz en el espejo, se hurgó con los dedos. Se echó agua de nuevo. Aspiró y espiró con la boca cerrada. El hormigueo en el rostro fue disminuyendo, se atemperó. Después sintió una molestia bajo uno de sus ojos, se llevó el dedo al párpado inferior y sintió un pequeño bulto. Hizo presión hacia arriba y la cabecita salió por el lacrimal del ojo izquierdo, luego las patas delanteras y el resto. Bajó hacia el mentón como si fuera una lágrima negra.

* * *

—¿Dónde te habías metido? Estaba empezando a preocuparme.

—Me siento mal, estoy como enfermo. Me quiero ir ya.

—¡Ay no, Jorge!, no se vale. Pero si acabas de llegar. Tómate una soda o algo, a ver si se te pasa.

Bebió la soda convencido de que al terminarla se iría.

—Ven —dijo Cecilia, arrastrándolo hacia la pista.

Jorge quiso resistirse, pero terminó en medio de la algarada tratando de bailar una bachata. Ya no estaba tan convencido de irse, necesitaba gente, ruido, alcohol y hasta baile —él, que siempre había sido tan negado, tan tieso, tan arrítmico— para olvidar que recién había llorado y moqueado hormigas. Relámpagos de ese recuerdo lo acosaban en medio del baile apretado que seguía con Cecilia, y se sobrecogía y la apretaba más, y en medio de ese apretuje terminaron besándose. El beso, tras meses de soledad, era acaso más fuerte que su emanación de insectos, y entregado a esa fuerza siguió besando a Cecilia. La bachata continuaba pero él no podía oír la letra porque todo era piel, todo era labio, todo era tacto y sudor y abrazo.

* * *

Después de ese beso siguieron otros y otras canciones que bailaron a medias o no bailaron. El recuerdo del baño volvía a horrorizarlo y por momentos le reverberaba en la mejilla el tacto de las patitas sobre la piel. Temía cualquier obstrucción nasal, malestar, hormigueo en la piel o sensación que pudiera presagiar la salida de otra hormiga. Pidieron cervezas, visitaron la mesa de Maritza, aprovecharon que algunos se habían ido y se sentaron.

—Mari, amiguis, ¿cómo va tu cumple? —preguntó Cecilia.

—Oiga, Jorge, ¡suéltemela un ratico!

Cecilia le tomaba la mano bajo la mesa, pero ya no le daba besos. Entretanto, Jorge terminó su cerveza y se permitió media copita de aguardiente. Se había armado una discusión sobre si era mejor tener rutas de buses o subsidio de transporte. Jorge se declaró neutral y Cecilia, entre risas, le reprochó esa manera de no comprometerse. Llegó un tipo alto, crespo, moreno, con ojos hundidos. Cecilia le soltó la mano a Jorge. Se llamaba Diego o David, Jorge olvidó su nombre de inmediato. Saludó a todos. Piropeó a Cecilia, se sentó al lado de ella.

—Jorge también trabaja en InfoPlus, ¿no lo habías visto?

—¿Del ciento trece?

—No, MediSanar.

—Ah, usté trabaja con Juancho Ribera, ¿verdad?

—¿Conoce a Ribera?

—¿Y quién no? —le respondió, sonriente.

—¿Y usted también trabaja allá?

—No. Yo estuve allá, en el ciento trece, como cuatro meses, pero ahora estoy en el Atento de la veintiséis, con ventas de Huawei.

—Ah, vea… Seguro por ahí nos cruzamos antes —dijo Jorge, por seguir la conversación.

—Ceci, bailemos esta —le dijo Diego o David a Cecilia, mientras la tomaba del brazo.

Ya no te estraño, mulata, quédate lejo, muchacha. Cecilia le sonrió a Jorge, apuró un aguardiente que estaba servido en la mesa y le dijo «Ya vengo». Contigo se fue la felicidá, sólo me quedó tu maldá. Jorge los vio colarse en el gentío que rodeaba la pista como si entraran en un cañaveral. Y si te echaron de allá, por algo será, ingrata. El efecto de Cecilia y el de las hormigas se superponían en su ánimo. No me vengas a llorá, a suplicá, no señora, no seas traidora. Su felicidad, sin embargo, comenzaba a agrietarse. Pa' qué vienes a joder, mujer, vete por donde viniste. ¿Cecilia había cambiado su actitud cuando llegó

Diego o David? Esta vez te tocó perder, vete pa' donde te fuiste. Si pudiera olvidarse de las hormigas estaría disfrutando. Y si te echaron de allá, por algo será, ingrata. Antes se sentía atraído por Cecilia, ahora tenía la certeza de que podía enamorarse perdidamente de ella. No me vengas a llorá, a suplicá, no señora, no seas traidora. ¿Lo de las hormigas era porque alguien le estaba haciendo vudú o alguna brujería, como en las películas? ¿Quién podía ser? Ahora sin ti todo es mejor, ya encontré otro amor. ¿Por qué tenía que haberse ido Cecilia justo en ese momento? No vengas a traer dolor, vete a otro lado por favor. ¿Le estarían saliendo hormigas de las orejas, de la nariz o de los poros sin que se diera cuenta? Y si te echaron de allá por algo será, ingrata. Miraba a la pista y no podía encontrar a Cecilia. Pa' qué vienes a joder, mujer, vete por donde viniste… Se acabó esa canción, siguió otra. Jorge estaba cada vez más abatido, mirando como huérfano hacia la pista, pero al rato su atención regresó a la mesa, pues Maritza había venido a sentarse a su lado.

—¿Cómo la estás pasando, Jorgito?

Dijo que bien y se quedó asintiendo mucho rato. Maritza le dijo «Brindemos», y sirvió otro par de aguardientes. Jorge se lo tomó de un golpe y reprimió una arcada, una masa de cerveza y salchipapas mal digeridas le apretaba la garganta. Encontró medio vaso de agua servido en otro puesto de la mesa, bebió dos sorbos largos y descubrió tarde que no se trataba de agua.

—¡Estaba fuerte! —dijo Maritza, recuperándose—. ¿Qué pasó?, ¿te maluquiaste?

—Uy, sí, un poco, la verdad... Ufff. ¡Eso era aguardiente! —dijo, señalando el vaso del que recién había bebido—. Ahhg. Ya vengo.

Atravesó las mesas hasta las escaleras, que bajó de dos en dos, y salió a la calle. El frío le lijó la cara. Se llenó los pulmones de viento lluvioso. Necesitaba una bocanada de ese aire que si no era puro al menos no había entrado una y otra vez al mismo grupo de pulmones. El andén aún estaba lleno de gente, una señora que vendía dulces lo miró con ojos tristes. Jorge respiró hasta que logró contener las náuseas. Una inercia lo llevó hacia donde ya no había bares. Metros adelante, en un tramo sombrío del andén, donde empezaban a ralear los negocios, se dobló en dos, tosió, escupió y unas perlas negras descendieron por los hilos de baba, luego el vértigo de una nueva arcada. Su garganta se inundó de una sensación como de trigo seco y al mismo tiempo aceitoso que cayó como una camándula de infinitas cuentas negras, enroscada sobre el pavimento. El montículo negro fue esparciéndose en hormigas. Jorge sentía aún hormigas en las encías, en la lengua, en el paladar. Se puso de pie y las escupió una por una, como semillas de alguna fruta que acabara de morder. Tuvo que ayudarse con el índice a cazar la última. Sintió una caminarle por el mentón, otras paseaban por sus brazos, se internaban en su camisa, recorrían su cuerpo. Se quedó viendo la última disolución de su vómito, que se replegaba en miles de puntitos hacia un recuadro de pasto fangoso.

* * *

Reclamó su chaqueta en el ropero. Subió las escaleras teniéndose de la pared. Desde lejos vio que Cecilia no estaba en la mesa. Caminó hacia la pista. Continuaba bailando con Diego o David. Jorge le hizo señas desde la barra. Ella, sonriente, cariñosa, le indicó de la misma forma que pronto iba a la mesa y siguió bailando. Jorge estaba impaciente y celoso. Resentía que Cecilia le hubiera soltado la mano cuando llegó Diego o David, le daba rabia que hubiera salido a bailar con él y que aún estuviera bailando. Se fue a la mesa, indeciso, preocupado, borracho. Se quedó ahí mientras sonaba una cumbia arrebatada que pareció durar horas. Le zumbaban los oídos, estaba mareado, Cecilia seguía bailando. Se puso de pie, se despidió de todos, le entregó a Maritza la ficha del ropero, le dijo que le deseaba un feliz resto de cumpleaños y bajó las escaleras con pesadez. Cuando estaba por salir, Cecilia lo alcanzó.

—Oye, ¿qué te pasa? ¿Te vas a ir así?, ¿no te ibas a despedir? —le dijo, con una mano en alto que llevaba la ficha del ropero. Estaba entre la extrañeza y el enojo.

—No me estoy sintiendo nada bien. —Luego no pudo evitar decirle—: Además cuando vino ese tipo me soltaste la mano, y llevas un ratote bailando con él. Cuando fui a la pista para despedirme me dijiste que me esperara, y… pues no sé. Pero sobre todo estoy como borracho, mal, me siento enfermo —dijo, en tono de disculpa.

—Ehhh, pero a ver, ¡un poquito de porfavor! ¡Darío es gay!, ¿estabas celoso? No me gusta eso —dijo Cecilia, impaciente.

Jorge se acercó, sonriendo.

—Pues más o menos. Pero… pues me puedo quedar un rato.

Se acercó, como para besarla.

—No, no. Dale, vete —dijo Cecilia, apartándose, seria—. Hablamos otro día.

—Ay, perdona, mira, es que… —insitió Jorge, pero ella se había dado vuelta.

La siguió escaleras arriba diciéndole oye, oye, espera, pero ella no hizo caso. Entonces bajó y salió a la calle odiándose y sintiéndose lleno de hormigas. Los dos carriles frente al centro comercial estaban infestados de taxis. El andén ennegrecido, moteado de servilletas, envolturas, volantes y papelitos, seguía lleno de gente. Metió las manos en los bolsillos y empezó a caminar bajo una llovizna de vidrio molido. Cuadra Picha era una descomunal garganta que se abría al vapor y la muchedumbre, de la que salía un gemido de músicas. Jorge caminó junto a Paradise. Tropezó con el portero de Café y Son, pero no se detuvo aunque oyó el reclamo a sus espaldas, continuó por Arepas Factory, siguió a nado frente a Titanic y desembocó en una seguidilla de bares que ofrecían show de straiper y streeper, los porteros acuciosos casi lo obligaban a entrar. Desembocó en la avenida Primero de Mayo, que a esa hora se veía más amplia y más lisa, con sus locales feos en la acera de enfrente, las farolas fundidas. Estiró la mano y detuvo un taxi.

El taxista era charlador. Le dijo «Amigo, ¡uy!, se la pegó…, ¿para dónde lo llevo?». Luego se puso a hablarle de otros lugares de rumba. «¿Sí ha ido a Petra, que queda por Galerías?». Ante la negativa de Jorge, se explayó en la calidad de la música, que era tecno del bueno, y reguetón en vivo, de artistas conocidos, hace poco habían hecho una fiesta en la que llenaron de arena el piso, «parecía que uno estuviera en la playa, amigo, en serio», después ponderó las mujeres que iban, bellísimas, todas sexys, entradoras, «uy, unas flaquitas, ¡usté las viera!». Jorge lo escuchaba con desinterés, mirando hacia las calles vacías. «Amigo, lo que sí hay en Bogotá son hembras, le digo. Yo tengo un primo que tiene un chochal, y ¡nooo, hermano!, se van a podrir de buenas, se lo digo». Jorge pensaba en Cecilia y en las hormigas, se reprochaba no haberse sobrepuesto al estupor, haberse llenado de inseguridad. Luego se decía que no todo estaba perdido, que la llamaría al día siguiente y la invitaría a cine. Después se preguntaba hacía cuánto tenía adentro del cuerpo un hormiguero. ¿Era eso posible?, ¿debía irse a una clínica? Miraba hacia las calles y la cojinería del taxi, la nuca del taxista y sus manos buscando indicios de que todo fuera un mal sueño. El taxista escarbó en la guantera, parecía sacando un arma, se volvió hacia Jorge y le entregó un plegable doblado. «Mire este folleto, amigo, por si en algún momento se antoja». El taxista encendió la luz del techo y Jorge, reponiéndose del susto, lo desplegó. Frente a él surgieron Jesica, Martina, Lania, Estefany, Luana, en calzones, en bikini, en tanga. Las caras tenían una especie de niebla superpuesta, pero los cuerpos eran nítidos. Tenían tarifas: 130, 160, 200 mil; había extras como oral, que costaba 40 mil más; anal, de 70 en adelante. «Queda aquí en Teusaquillo, amigo, si quiere vamos», le dijo el taxista. Jorge pensó en su erección, en su cuenta de ahorros, en la noche de mierda que había tenido y le dijo que sí, que fueran.

* * *

El taxi desembocó en la veintiséis, subió por el parque Centenario, dio la vuelta por detrás del cementerio Central. Jorge se sintió en peligro, se vio solo y a merced de un taxista que lo había recogido en la calle sin testigos, sin rastro, pero el tipo dio vuelta por la esquina solitaria y atravesó la 26 sin hacerle daño, tomó a la derecha, se internó en una calle de barrio amplia y oscura. Antes de la mitad de la cuadra se detuvieron en la acera derecha, frente a una casa blanca y café, con dos ventanas abajo y tres arriba. Frente a ella, en el amplio andén, había una camioneta y dos automóviles.

—Aquí es —le dijo cómplice el taxista—. Son once mil seiscientos.

Jorge pagó y bajó del taxi. Caminó hacia la puerta, donde un tipo enjuto, de nariz aguileña, con pelos largos, negros, grasosos y ralos sobre un cráneo estrecho, le franqueó la entrada. El sitio era mucho más oscuro que la calle. Había una barra a la derecha, junto a una pared que tenía una copa verde de neón, junto a una botella roja, una nota musical fucsia y una guitarra azul. Dos reservados con cortinas cerradas ocupaban toda el ala izquierda, y el resto era una sala con sofás negros en forma de ele, con mesas bajas. Al fondo había una pista donde ondulaban algunas siluetas. El ambiente estaba cargado de humo. Se le acercó un señor con rostro indígena, de pelo muy liso y baja estatura, que parecía un tunjo del Museo del Oro; le advirtió «No tengo mesas, le toca ahí en la barra». Jorge dijo que no había problema. «Siga, allá al fondo», se abrieron paso entre las mesas, en una de ellas había dos policías uniformados bebiendo. «¿Qué quiere tomar?, ya le llamo unas muchachas». En la barra había un tipo de corbata, de unos cincuenta años, hablando con una prostituta larga, de mínimas curvas. Jorge podía oír parte del diálogo, él tipo decía «Yo fui director para el área andina, tenía escoltas, venía acá con ellos, les gastaba whisky, mujeres. Es que este sitio tiene por ahí veinte años…», también escuchaba el zumbido del neón en la pared, veía el reflejo colorido en la madera ocre despintada y el surtido de botellas al fondo, con un barténder fantasmal de quijada grande que atendía en silencio. Jorge pudo ver que el mesero se acercaba a uno de los sofás, donde había dos muchachas conversando, las hacía levantar y les indicaba que fueran al rincón donde aguardaba Jorge.

A medida que se acercaban, se dio cuenta de que no tenían mucho parecido con las chicas que había visto en el folleto: eran más gordas, más feas, más viejas. Sonreían. «Bien, patroncito, aquí tiene a Yésica y Lana». Ellas se presentaron de mano, se sentaron.

—¿Qué le sirvo? —preguntó el mesero con cara de tunjo.

—¿Hay cerveza?

—Pero tiene que consumir mínimo una media de aguardiente, son cincuenta.

—Hágale, guapo, que nosotras le ayudamos —dijo Yésica, coqueta.

El mesero estaba dando la vuelta para meterse al bar cuando Jorge les dijo «Perdón ya vengo», caminó hasta el mesero y le dijo «Oiga, ¿no hay más bonitas?». El tipo lo miró como desconcertado, luego le dijo «Le tocaría esperar y quién sabe, porque vea que todas están por ahí, acompañadas: es tarde ya». Cuando Jorge volvía a la mesa se quedó mirando las piernas gordas de tobillos anchos de Lana. El mesero surgió desde el interior de la barra, les puso una media de aguardiente Néctar y tres copitas desechables. Jorge desenroscó la tapa con un fruncimiento de tripas, sirvió más bajo el suyo. «Salud, guapo», dijo Yésica. «Pa' que pasemos bien rico más tarde», terció Lana. Jorge bebió su copa y quedó un momento petrificado en el estertor del trago. Luego se recompuso y las miró, calibrando con quién podía irse a la cama. La verdad es que con ninguna: le parecía que Lana era revejida y tenía manos con deditos gordos, rosados y cortos, como salchichas enlatadas. Yésica tenía un estrabismo cómico, brazos anchos, tetas caídas y panza. A pesar de los reparos que ambas reunían, pudo decidir en medio de sopores alcohólicos que se iría con Yésica.

Le preguntaron por qué tan solito. Jorge respondió que por imbécil. Se quedó un momento en silencio ante las mujeres desconcertadas.

—¿Ahora vas a querer un servicio? —preguntó Lana.

Aunque no se parecieran en nada a las del folleto, Jorge pensó que sí iba a querer, que ya quería. Normalmente nadie le decía «guapo» y esa noche se había dado besos con Cecilia. Estaba triste, despechado, pensando en ella, asustado por los vómitos, arrecho y borracho. Todo eso al tiempo. Dijo que sí, ellas preguntaron si las dos al tiempo y le dijeron pícaras que le cobraban ciento ochenta mil más veinte mil del cuarto. Jorge abrió su billetera, le quedaba un billete de cincuenta, uno de veinte, uno de cinco y dos de mil. Les dijo que podía pagar setenta, y que eso era devolviéndose a pie. Secretearon entre ellas, lo miraron, asintieron entre sí; Yésica se puso de pie, dijo que tenía que hacer una llamada arriba. Jorge lamentó en silencio que se fuera ella, pero miró a Lana y le preguntó si por esa plata sí. Cuando ella le dijo «Pues hoy porque estoy de buen genio», Jorge quiso que fueran inmediatamente. Ella le dijo «Esperate, vení, tomémonos uno más antes de irnos», y se inclinó, le pasó las manos por la cara. Jorge las sintió grasosas pero suaves. Lana le sonrió, le agarró otra vez la cara con sus manitas y Jorge se tomó otro aguardiente. Sintió la dentellada en el centro del estómago, tuvo una contracción estomacal, una sola arcada y empezó a vomitar. Como un rayo, le cayó de la nada un fuerte puñetazo en todo el pómulo. Por un instante no supo su nombre, luego oyó gritar a Lana «¿Quesesta mierda? ¡Veste hijueputa me vomitó!»; y con todo el odio le escupió «¡y encima mibas a pagar nomás setentamil pesos, gonorrrea!» y pam, otro puño más, igual de fuerte que el anterior, y luego el tunjo lo agarró por las solapas, le dijo «Maricón, ¿por qué no fue a vomitar al baño?, ¡a mí es el que me toca limpiar esta mierda!», luego lo enderezó, lo sembró en el piso y le dijo «Se larga», lo fue llevando a empellones hacia la puerta y, casi sin transición, la calle y el portazo.

—Uy, señor, se está manchando toda la camisa de sangre. Déjeme que yo tengo por aquí un papel higiénico —dijo el señor del cráneo estrecho que le había abierto la puerta hacía quince minutos.

Se pasó la mano por el mentón y le quedó ensangrentada. Se fue caminando bajo la lluvia sin aguardar a que el portero le entregara nada. En la calle treinta y cuatro descubrió que no tenía el celular ni la billetera.

* * *

Antes de abrir los ojos ya era consciente del dolor de cabeza, la hinchazón del labio, la saliva amarga. Encendió la lámpara y vio, sin fuerzas ya para extrañarse o tener siquiera alguna reacción, la mancha negra en el techo. Pero ya no era una mancha sino una protuberancia conformada por hormigas. Abrió las cortinas y vio el brillo lustroso de los cuerpecitos entreverados. También las sintió en las plantas de los pies sobre las baldosas del baño y las vio sobre las paredes. Se miró al espejo y descubrió que además tenía un ojo morado, tumefacto. Se quitó el bóxer y la camiseta, combinó el agua hasta que casi quemaba, se bañó durante cuarenta y seis minutos. Se secó frente al espejo, mirándose la cara deforme, con el ojo y el labio hinchados. Orinó y quedó con ardor; luego, mientras se revisaba, le salió por el meato una hormiga que cayó en la taza del inodoro. La miró con indolencia y bajó la palanca.

Se secó los pies con atención y mucho cuidado, dedo por dedo. Les echó talco, se puso unas medias gruesas, se calzó los zapatos mirando hacia el cúmulo de hormigas en la esquina del techo, como un chaflán. Fue a la nevera, sacó una jarra de agua y tomó directamente de ella, de a pocos, mirando hacia la ciudad que se extendía hacia el occidente bajo el sol, el cielo despejado que se agrisaba en la línea del horizonte. Estaba lleno de odio contra el taxista que lo había llevado allá, contra el tunjo que lo había robado mientras lo echaba y contra Lana, que pegaba como hombre y quizá hasta lo fuera. En sus fantasías iba a patearlos a todos, a devolverle los puños a Lana, a romper todas las botellas del bar y luego a prenderle fuego a ese burdel lleno de putas feas que no correspondían a su publicidad engañosa de mierda. Deseó que las hormigas vomitadas allá fueran venenosas.

Como le ardía el labio y no quería abrirse la herida, se cepilló los dientes con mucho cuidado. Buscó en cajones y bolsillos de ropa guardada, reunió monedas y un billete que le alcanzaban apenas para desayunar. «Uy, don Jorge, ¿qué le pasó?», preguntó Rafael en la portería. Jorge siguió de largo. Eran las diez y cuarenta cuando salió a la calle. El Nudols y el café internet Urban.com estaban cerrados. Había pocos carros pero suficientes busetas. Bajó por la calle treinta y nueve y entró a la Cafetería JG. Se sentó en una de las tres mesas de fórmica con asientos fijos, de cara a la calle, hacia un muro blanco que decía «Skinhead now, skinhead forever» en torpes trazos de aerosol negro. Luego se quedó mirando unos granitos de sal o azúcar como mínimos diamantes sobre la mesa. Vino el mesero del ojo derecho bizco. Le pidió un café con leche y un caldo de costilla. El café era pálido pero Jorge no protestó. Le echó al caldo el picante de cebolla larga y cilantro que había en la mesa, y un poco de sal. Estaba bien de sabor, con la papa deshaciéndose, espeso. La costilla se desprendía del hueso y se deshilachaba con sólo hundir un poco el cuchillo romo. El televisor que había sobre la nevera transmitía un magazín. Los televidentes que llamaran durante el programa podrían ganar almohadas, ollas y limpiezas dentales.

Dejó el hueso en el centro del plato y pidió la cuenta. Al salir de la cafetería empezó a sudar y tuvo que quitarse la chaqueta. Atravesó la avenida Caracas, donde había transeúntes lejanos y la estación del Transmilenio no tenía filas. Siguió por la treinta y nueve hacia el sur, junto a las casas grandes transformadas en negocios, por el andén quebrado y los separadores florecidos, bajo la sombra intermitente de los urapanes. La calle fue interrumpida por dos automóviles, luego por una buseta verde y otra azul, y después fue surgiendo, ululante, desde lejos, un punto blanco más allá del Colegio Champagnat, era una ambulancia que venía dando tumbos, aullando en lento zigzag de niño o de borracho, se subió al andén, se raspó contra el separador y pasó junto a Jorge, que se había guarecido tras un poste. La manejaba un tipo con cara de muerto, parecido al paramédico de la película. La ambulancia siguió de largo por la calle solitaria hacia los cerros, dejando tras de sí un vaho mortecino.

* * *

Estaban en una banca del parque Brasil, con la silla de ruedas plegada a un lado. Frente a ellos había dos tipos haciendo barras y más atrás un papá intentaba enseñarle a su hijo a encestar. Alrededor había viento, niños, madres, una pelota, un frisbi, perros, pájaros, un sauce algodonoso, un cedro oscuro y chicalás florecidos.

—Tengo tranquilo el brazo hoy.

—Sí, no se le ha movido casi.

—Si no se va a arreglar, ojalá se muera antes que yo... A veces creo que va a cachetearme.

—No lo culpo, papá. Es que usted es desesperante.

—Ja, ja, ja, muy chistoso. ¿Por andar en esas fue que le dieron en la jeta?

Se quedaron en silencio. Jorge miraba una hormiga caminarle por el dorso de la mano. Su padre masculló algo, chasqueó la lengua y luego le dijo «Bueno, en serio, dígame qué le pasó».

—Ya le conté cuando nos vimos, papá: me atracaron.

—¿En serio ya me había contado?

—Sí.

Don Carlos se quedó en silencio mirándose el brazo. A lo lejos dos perros, uno lanudo y negro, el otro rechoncho y blanco, se olisqueaban. Empezaban a gruñirse. Un niño tambaleante de año y medio caminaba pálido, como un pequeño zombi bajo el sol. Jorge se quedó mirando uno de los perros. Quizás era de la misma raza que Igor. Era del mismo color, tenía una mancha parecida en el ojo. Se puso de pie, desdobló la silla.

—Vámonos.

—¿Ya? Espere, está haciendo buen clima.

—Ya le dije: me robaron la billetera. No puedo pagar almuerzo hoy, tengo una carne aliñada ahí en la casa y puedo hacer arroz. Tengo que ir a cocinar.

A lo lejos, el bulldog francés había lanzado un mordisco y el otro perro, mucho más grande, había huido chillando. El perro luego miró a los lados y detuvo su atención en él y su padre. Empezó a caminar hacia ellos. A medida que se acercaba, se parecía cada vez más a Igor.

—Quedémonos un ratico, pues —dijo don Carlos; el brazo había despertado y se movía agresivo, como llamando la atención del perro.

—No, nos vamos ya.

Levantó por las axilas a su padre y prácticamente lo arrastró hacia la silla. Cuando estaba sentándolo, quedó de espaldas al perro. Lo siguiente fue sentirlo olisquéandole los tobillos, muy serio, para después lanzarle una mirada de ojos muertos. Jorge se quedó quieto, aterrado, hasta que oyó un acento centroamericano o quizá cubano, que decía «Ven acá, ¡ya!». El perro se alejó hacia su amo, que para alivio de Jorge no lucía como Arno.

* * *

De regreso pasaron frente al asilo. En la iglesia había otro funeral. Uno más de la sucesión de funerales que se habían acostumbrado a ver, como las nubes o las alcantarillas. Siguieron de largo por el colegio, que estaba casi tan desolado como cuando era día de semana. Recordaban una vez que habían ido a Samacá, adonde unos familiares maternos. Se reían de un señor que hacía coplas, una que decía «el pipí del padre Andrade», y habían contado que el cura del pueblo en efecto era de apellido Andrade y le había pegado una trompada al trovador. En vano trataron de reconstruir la copla. El sol era todo el cielo y el suelo, incluidos los árboles blanquecinos. Cuando llegaron al apartamento, Jorge preparó la carne con un sobrecito Maggi y puso a hervir una taza de arroz. Comieron en silencio. Tenía mejor ánimo, aunque lamentaba haber perdido su celular y no poder llamar a Cecilia.

—¿Cafecito?

—Sí.

Cuando terminaba de poner la cafetera le llegó el sonido asordinado del teléfono. Jorge, que había dejado la puerta de su cuarto cerrada, verificó que su padre estuviera distraído viendo hacia el ventanal, dejó la puerta entornada de manera que pudiera verlo y se sentó en la cama, bajo el techo negro. Era Romero, su coordinador de área.

—Jorgito, mano, lo he estado llamando al celular.

—Ah, me lo robaron anoche.

—¿Usté ha mirado su meil?

—No, yo lo reviso allá en InfoPlus, ¿qué pasó?

—¿Se acuerda del señor que tuvo el infarto el viernes?, ¿Germán Moreno?

—… Sí.

—Pues el señor despertó ayer por la mañana, se quejó del servicio telefónico. Ayer por la tarde vino acá un familiar que dizque es abogado, se llevó copia de las grabaciones de esa llamada… El señor murió esta mañana, hermano.

Jorge se había acostado en la cama, miraba hacia el techo negro que bullía. Una hormiga se desprendió y le cayó sobre el pecho.

—¿Y entonces?

—No, pues un problema el berraco. Yo oí la grabación hoy como a las nueve. Ribera está diciendo un montón de locuras, pero no es culpa de él. Usted no parece tener ninguna razón para dejar esperando al paciente… Lo estaba llamando, hermano, y le escribí porque tiene cita mañana a las diez en punto acá.

—¿Qué me va a pasar, Romero?

—Pues la verdá el puesto no lo va a conservar. Pero pues… usté algún trabajo consigue en esto o en algo de su profesión. El problema es que se envaine judicialmente, en serio, que termine en la cárcel o algo así. Mejor vaya hablando con un abogado.

—…

—Yo le quería advertir, Jorgito. No es nada personal, pero me toca regañarlo allá delante del auditor y la gente que va a estar. Perdóneme.

—No, Romero, yo sé. No es su culpa.

Colgó y se quedó inmóvil, con la masa negra de hormigas sobre su cabeza. La cafetera dejó de rugir. Se incorporó, salió y fue a la cocineta. Llenó los pocillos con manos temblorosas. Le entregó uno a su padre. Sorbieron el café en silencio, frente al ventanal, mirando a la ciudad resplandeciente. Jorge tuvo ganas de saltar al vacío. Don Carlos se quedó mirándolo.

—¿Qué le pasó en la cara?

—Ya le conté, papá: me atracaron.